그래스프 리플렉스

그래스프 리플렉스 | 김강 장편소설

GRASP
REFLEX

아시아

차례

1. 가질 수 있는 것들을 가질 것이다

만식은 숨을 들이마셨다. 크레졸 향을 품은 따스한 온기가 가슴 깊이 들어왔다. 콧속이 조금 아렸지만 나쁘지 않았다. 가슴 깊이 들어오는 무엇, 기다렸고 반가운 것이기도 했다.

"숨쉬기가 훨씬 편하실 겁니다. 인공호흡기가 몸 안에 들어와 있는 것과 마찬가지입니다. 숨을 들이쉬려 하시면 기계가 즉각 알아챕니다. 회장님의 늑골과 호흡근의 움직임에 맞추어 인공 폐가 확장되고 그때 발생한 음압에 의해 공기가 들어오는 겁니다. 그 다음부터는 똑같습니다. 허파 꽈리 역할을 하는 막을 통해 산소가 들어오고 이산화탄소는 나가고. 평상시에는 그렇게 작동하다가 사람이 숨을 쉬지 않으면 기계가 스스로 호흡을 시작합니다. 인공호흡인 셈이지요. 물론 억지로 숨을 참는 경우는 다를 수 있지만, 기계가 감지하는 역치를 넘기는 힘들 것입니다."

퇴원 전 마지막 회진을 온 이 교수가 장황한 설명을 했다. 지나치게 설명을 많이 하는 것이 흠이라면 흠일 수 있겠지만 만식은 이 교수의 방식에 만족했다. 당연히 설명을 해줘야지. 간호사나 코디네이터가 하는 설명과 의사가 하는 설명이 같을 수 있나. 만식은 인공 장기를 이식받은 경험이 많았다. 장기들은 달랐지만 전반적인 설명과 수술 이후의 주의사항은 비슷했다. 그럼에도 만식은 이 교수의 설명을 새겨들었다.

"이 교수, 매사에 확실한 것은 내가 인정하지. 수술 받은 횟수로 치면 나도 전문가라면 전문가인데 말이야. 그것에 전혀 신경쓰지 않고 원칙대로 설명해주는 것, 나는 그게 좋아. 아무렴, 그래야지. 고마워요. 덕분에 한 삼사십 년 더 살게 되었어."

만식은 베개 밑에서 봉투를 꺼냈다. 이 교수에게 건넸고 이 교수는 손사래를 쳤다.

"아닙니다. 이러시면 안 됩니다. 당연히 할 일을 했을 뿐입니다."

만식은 봉투를 접어 이 교수의 가운 주머니 속으로 넣었다.

"누구나 마땅한 일을 하는 거야. 이 교수는 이 교수가 할 일을 하고 나는 내가 할 일을 하고 그러면 되는 거지. 간호사 선생님들, 코디 선생님들하고 맛난 것 사드시라고 주는 거야. 큰돈 아니야. 촌스러워 보이겠지만 감사의 표시는 옛날 방식이 더 나아. 정 겹잖아."

이 교수는 주머니로 들어온 봉투를 굳이 꺼내지는 않았다.

"허허, 참. 그, 참. 감사합니다."

이 교수가 감사의 말에 몇 마디를 덧붙였다.

"새 폐를 이식받으셨다고 다시 담배를 피우시거나 하시면 안 됩니다. 아셨지요. 떼어낸 폐를 살펴보았는데 모양이 이상한 세 포들이 다수 발견되었습니다. 암은 아니지만 암 전 단계 정도는 됩니다. 담배가 폐에만 영향을 주는 것은 아니거든요. 이미 금연 중이라 하시니 그나마 다행이기는 하지만 항상 조심하시고 관리 하셔야 합니다."

만식은 고개를 끄덕였다.

"알겠네, 알겠어. 밧데리는 영구적인 거지? 설마 해마다 충전하 러 와야 하는 것은 아니지? 지난번에 듣기는 했는데 다시 한 번 확인하고 싶어서 말이야."

이 교수 옆에 있던 코디네이터가 대답했다.

"네, 회장님. 배터리 때문에 문제가 생길 일은 없을 겁니다. 생 체 전류를 이용해 자가 충전하는 기능이 들어 있습니다. 말 그대 로 영구적입니다. 문제가 생기면 저희 센터로 먼저 신호가 옵니 다. 그리고 나서도 일 년 이상 작동하도록 되어 있습니다."

"백 년 정도 더 사시면 문제가 생길 수도 있습니다. 하하."

코디네이터의 말이 끝나자 이 교수가 농담을 했고 병실에 있던 모든 사람이 웃었다. 만식은 손을 내젓다가 이내 같이 웃었다.

"퇴원하시는 날인데 회사에서 모시러 옵니까? 벌써 와 있나요?"

이 교수가 물었다.

"회사 인력을 사적인 일에 부리면 쓰나."

"회장님이 곧 회사 아닙니까?"

"그런가? 그렇기는 하지. 하지만 말이야, 오늘은 회사 직원을 부를 수가 없어. 예고 없는 출근을 할 거거든. 평소에 어찌하는지 알 수 있는 좋은 기회지. 녀석들, 많이 놀라겠지. 아들놈은 출장 갔어. 퇴원하는 날에 맞추어 출장을 가네. 몹쓸 놈. 혼자 갈 수 있어. 출근하다 무슨 일 생기면 이 교수가 책임져야지."

이 교수와 일행은 병실에서 나왔다. 다음 입원 환자를 보러 가던 중 이 교수가 뒤따르던 코디네이터를 불렀다.

"갑자기 기계가 멈추고 그런 일은 없겠지? 나온 지 얼마 되지 않은 제품이라 신경 쓰이는데."

코디네이터는 인공 폐를 개발한 회사에서 파견 나온 직원이었다.

"그럼요. 걱정하실 것 없습니다. 그런 일은 없어야겠지만 환자가 다른 이유로 사망하는 일이 생겨도 인공 폐는 혼자 숨 쉬고 있을 겁니다."

"그렇다면 다행이고. 아무튼, 지독한 노인네야. 그렇지 않아? 저 밑에서 일하지 않는 게 다행이지."

이 교수는 만식의 몸에서 작동하고 있을 인공 심장과 인공 간, 인공 폐 그리고 인공 신장을 떠올렸다. 쉽게 죽지는 않겠어. 이 교수는 혼잣말을 했다.

만식의 첫 인공 장기는 심장이었다. 젊었을 때부터 부정맥으로 고생했다. 인공 심박동기를 왼쪽 쇄골 아래에 심었고 이후 정기적으로 병원을 방문해 진료와 검사를 받았다. 그러던 중 심장에 혈액을 공급하는 혈관이 좁아졌다는 말을 들었다. 고전적인 치료 방법은 약물을 사용하거나 스텐트를 넣어 혈관을 확장시키는 것이었다. 나노 로봇을 이용해 혈관을 청소할 수도 있었다. 어떻게 할지 고민하던 만식에게 누군가 인공 심장 이야기를 했다.

너무 비싸서 시도해보지 않았을 뿐이지 협심증이나 부정맥 환자에게도 훨씬 나은 효과를 보일 것이라 하더군요. 기술이 많이 발전해서 부작용도 거의 없다고 들었습니다.

인공 심장에 대해 설명을 듣기 위해 인공 장기 회사의 한국 지점에 연락을 했다. 독일 본사의 기술 팀장이 직접 한국으로 왔다.

연료 배관을 새것으로 교체하고 타이밍 벨트를 바꾼다고 해서 자동차 엔진이 좋아지겠습니까? 이미 수십 년 사용한 것인데 말입니다. 차를 새로 살 수 없다면 엔진을 새것으로 바꾸는 것이 제일 좋은 거지요. 엔진이 신품이면 차도 신품이 되는 겁니다. 디자인은 좀 구식이겠지만 유행은 돌고 도는 것이니 신경 쓸 필요 없습니다.

만식은 인공 심장 이식 수술을 받았다. 만식의 나이 일흔넷이었다. 필립이 서른아홉이 된 해이기도 했다. 만식은 수술 동의서에 직접 사인을 한 후 필립을 보았다. 가까이 오라 손짓을 했고 침대 안전바에 손을 얹고 서 있던 필립은 만식의 곁으로 왔다.

"의사들은 나에게 말한 것을 너에게도 말할 것이다. 동의니 서명이니 하는 것들을 받겠지. 수술 중 그리고 수술 후에 일어날 수 있는 일들, 기계의 오작동 가능성 등에 대해서 말이다. 최악의 경우 내가 죽거나 죽은 사람과 같을 수도 있다고 하겠지. 하지만 그런 일은 일어나지 않는다. 나는 아직 할 일이 많다. 건강하게 수술실을 나올 것이다. '만약 내게 무슨 일이 생긴다면 네가' 따위의 말은 하지 않겠다."

"당연한 말씀입니다."

필립은 만식의 손을 잡았다.

수술은 성공적이었다. 입원실에서 눈을 뜬 만식이 필립을 보며 말했다.

"너는 지금 웃는 것이냐, 우는 것이냐? 너의 표정으로는 알 수가 없구나."

"무슨 말씀을 그리 섭섭하게 하십니까? 깨어나셔서 웃는 것입니다. 아버지마저 잃을까 두려웠습니다."

필립은 이불을 끌어 올려 만식의 배를 덮었다. 만식은 고개를 돌려 창밖을 보았다. 수술 전 내리던 비가 멈춘 것 같았다.

"기대를 했었냐?"

필립은 대답을 하지 않았다. 만식의 목소리가 작아 듣지 못한 듯했다. 필립은 침대 옆에 가져다 두었던 의자를 제자리에 옮겨 놓은 뒤 방을 나갔다.

이후 인공 심장 프로그램 업그레이드가 세 번, 배터리 교환이 네 번 있었다.

더 이상 교환할 일은 없을 것입니다. 생체 전류를 이용해 자체적으로 충전이 가능하도록 해 놓았습니다. 비상 배터리까지 장착되어 있습니다. 정기적으로 방문하는 코디네이터에게 모든 것을 맡기시면 됩니다.

마지막 배터리 교환 후 인공 장기 회사가 만식에게 한 말이었다.

만식은 몇 번의 수술을 더 받았다. 간과 우측 콩팥을 인공 장기로 대체했다. 심각한 질환이 있어서 이식 수술을 받은 것은 아니었다. 만식은 오래된 장비를 새것으로 바꾸는 것이라 여겼다. 인공 장기 회사의 기술 팀장에게서 들었던 자동차 이야기를 특히 좋아했다.

"몸이 자동차라고 치면 말이지. 게다가 새 자동차를 사고 싶어도 살 수 없다면 말이야. 아니, 사실이 그렇잖아. 태어날 때 가지고 난 그대로 살아야 하는 게 우리 몸이잖아. 그런데 지금 내가 타는 자동차가 칠팔십 년 되었어. 이게 아무리 관리를 잘한다고 해도 한계가 있는 거잖아. 정상일 수가 없지. 운전을 잘 하지 못해서 난 사고는 어쩔 수도 없고 내가 감당할 몫이라 치더라도 부품이 낡아서 사고가 나는 것은 좀 억울하잖아. 그러면 어떻게 해? 부품이라도 갈아야지. 디자인? 그건 어쩔 수 없지. 바라지도 않고."

누군가 물었다.

"그 자동차는 언제까지 달리고 싶답니까?"

사람들이 웃으며 만식을 보았다. 만식은 두 손을 들어 핸들을 잡는 흉내를 냈다.

"길이 있는 한, 달려야 하는 길이 있는 한 멈추지 않을 걸세. 달리는 것, 그게 자동차의 본질이자 운명이니까."

인공 심장 이식 수술 이후 몇 번의 입원과 수술 그리고 퇴원 시에 필립은 병원을 찾지 못했다. 만식이 오지 말라 했다. 걱정하는 모습, 안도하는 모습, 아쉬워하는 모습. 그게 무엇이든 만식은 보고 싶지 않았다.

"필립아, 네가 나쁜 생각을 한다는 것이 아니다. 네 녀석을 싫어한다는 것도 아니야. 그저 병원에 있는 동안 너를 보는 것이 편하지 않을 뿐이다. 네 형이 그리 되던 날, 네 엄마가 죽던 날 모두 네가 그 옆에 있었다는 사실을 잊을 수가 없다."

필립은 가만히 들었다.

만식의 아내는 만식보다 여덟 살 어렸다. 스물두 살, 어린 나이에 만식을 만나 결혼했다. 만식이 사업을 하느라 집 밖으로 나돌고 있는 동안 그녀가 의지했던 사람은 필립의 형이었다. 필립의 형이 죽던 날 만식의 아내는 첫째 아이의 죽음을 믿지 않았다.

"내 아이가 아니야. 어미가 어찌 자식을 못 알아보겠어. 이 아이는 처음 보는 아이야. 필립아, 너의 형은 어디에 있는 거니?"

퉁퉁 불은 첫째 아이의 얼굴을 이리저리 만지다 고개를 가로저었다. 만식이 양손으로 그녀의 어깨를 잡았다.

"우리 아이 맞아."

그녀는 만식의 손을 뿌리치며 악을 썼다.

"아악! 이 새끼야! 네가 아이 얼굴을 어찌 알아? 집구석에 들어와 있던 날이 얼마나 된다고. 나만큼 아이를 알아? 이 살덩이는 내 아이가 아니야. 내 눈 앞에서 치워!"

시신의 팔을 잡아당겼지만 시신은 꼼짝하지 않았다. 시신에서 배어 나온 비릿한 냄새만 흔들렸다.

"가지고 가, 저리 치우란 말이야. 내 아이 데려오라고."

사람들이 달려들어 시신에서 그녀를 떼어냈다. 필립이 그녀를 안았다.

"필립아, 너의 형은 어디에 간 거냐?"

"어머니, 형 저기 있잖아요. 형 맞아요."

필립은 그녀의 등을 쓸어내렸다. 한동안 가쁜 숨을 몰아쉬던 그녀는 필립을 밀어내고 시신에 다가갔다. 검푸른 시신을 끌어안았다. 그녀의 흰 블라우스에 검은 물이 스며들었다.

한바탕 소동이 지난 후 정신을 차린 그녀는 필립과 눈을 마주치지 않았다. 가끔씩 고개를 들어 첫째 아이의 영정을 들여다보기만 했다. 어머니, 제가 있잖아요. 필립은 말하지 못했다. 그녀가 찾는 아이를 대신할 수 없다 생각했다.

그녀는 첫째 아이를 보내고 난 후 식욕도 의욕도 없이 지냈다.

자식을 먼저 보낸 어미가 꼬박꼬박 밥을 챙겨 먹는다는 게 말이되느냐, 식탁에 앉아 숟가락을 들다가도 한숨을 내쉬었다.

만식의 아내는 첫째 아이가 죽은 그곳에 가고 싶어 했다.

"우리 아이가 외롭지 않게 나도 그곳에서 죽을 수 있게 해줘요."

"당신마저 잃고 싶지 않으니 제발 그런 생각도, 그런 말도."

만식은 두 손으로 그녀의 차가운 손을 감쌌다. 좀처럼 따듯해지지 않았지만 놓지 않았다.

필립이 말했다.

"어머니를 모시고 제주도에 다녀오겠습니다. 고향 이곳저곳 다니시다 보면 어머니 마음도 조금 안정되지 않겠습니까?"

그럴듯했다.

"그래, 그게 좋겠다. 나도 같이 가야겠다. 너의 엄마와 같이 있어야겠다."

만식과 그의 아내, 필립이 제주도에 갔다.

초저녁이었다. 제주시를 벗어나 산업도로로 접어들었다. 사위는 어두워지고 있었다. 만식의 아내는 말없이 차창 밖을 보았다. 만식이 아내의 어깨에 손을 올렸다.

"뭘 그렇게 보고 있으신가?"

만식의 아내는 고개를 돌리지 않고 대답했다.

"오름이 보이네요. 검은 오름. 검은 오름이 검은 파도처럼 몰려오고 있어요. 검은 나무, 검은 풀들."

차창에 입김이 서렸다.

"하루에 한 가지씩만 구경합시다."

나머지 시간은 아무것도 하지 않고 호텔에 머무르자 했다. 만식의 아내는 고개를 끄덕였다.

"맛집은 당신이 안내해야 해."

만식이 농을 했지만 그녀는 대답하지 않았다.

"제가 찾아 놓았습니다."

필립이 거들었지만 만식은 만식대로 만식의 아내는 아내대로 필립의 얼굴을 보기만 했다.

가까운 거리의 낮은 오름과 몇몇 유명한 해안가를 둘러보며 일주일을 보냈다. 만식의 아내는 가끔 웃기도 했고 몸국을 먹고 싶다고 말하기도 했다. 제주로 내려오던 날 저녁보다 나아진 듯 보였다.

"내일부터 며칠 동안 뭍에 다녀오겠소. 가서 결재할 일도 있고 만나야 할 사람도 있고."

"네, 그러세요. 저 신경 쓰지 마시고 볼일 충분히 보세요."

만식은 공항으로 향하는 차에 오르며 필립을 불렀다.

"엄마를 잘 살펴라. 아내마저 잃고 싶지 않구나. 자식을 잃은
것만으로도 이미 넘친다. 감당하기 힘들다."

만식이 육지로 간 날, 만식의 아내와 필립은 둘이서 저녁을 먹
었다.

"네 원망을 많이 했어. 네 형을 두고 어찌 혼자 살아나올 수 있
었는지, 왜 형을 구하지 못했는지. 너 또한 내 자식인데도 너를
원망했구나. 너 하나라도 살았으니 다행이라 여겨야 하는데 말이
다. 알아. 그런데 아직도 그래. 너도, 내 마음도 잘 모르겠구나. 너
를 보는 것이 여전히 편하지 않아. 그날, 너의 형이 죽던 그날 도
대체 무슨 일이 있었던 거니? 너는 무엇을 했던 거니? 네가 형을
대신할 수 있다 생각한 거니?"

그날 밤 경찰은 중문의 해안 절벽 아래에서 만식의 아내를 발
견했다. 이미 숨이 멎은 뒤였다. 유서 따위는 없었다. 경찰은 실
족사로 결론을 내렸다.

"어찌된 일이냐?"

급하게 내려온 만식이 필립에게 물었다.

"와인을 찾으실 정도로 기분 좋으셨습니다. 산책을 하자 하셔

서 같이 걸었습니다. 바람이 불어 쌀쌀했습니다. 어머니께서 입으실 겉옷을 가지러 갔다 오니 보이지 않았습니다. 한참을 찾았습니다. 절벽 아래에 계셨습니다."

만식은 필립의 뺨을 두 차례 때렸다. 필립의 몸이 휘청했다. 만식이 한 번 더 필립의 뺨을 때리려던 순간 수행해 온 비서가 만식의 손을 잡았다.

"저도 이게 무슨 일인지. 왜, 왜 다들 제게 이러는 건지."

필립은 붉게 달아오른 뺨에 손을 대며 말했다. 목소리는 낮았고 떨렸다.

"내가 너에게 말했다. 자식을 잃은 것으로 충분하다고. 아내마저 잃고 싶지 않다고."

이 교수가 병실을 나가고 만식은 옷을 갈아입었다. 안나가 두고 간 옷들이었다.

하필이면 퇴원하시는 날, 죄송해요. 산전 진찰 예약이 되어 있는 날이라서. 하루만 더 병원에서 쉬시는 것은 어때요? 그러면 제가 와서 모실 수 있을 텐데. 산전 진찰을 미룰까요? 안나가 말했었다. 처음 해본 수술도 아니고 충분히 쉬었다가 퇴원하는 것이니 혼자 나갈 수 있어. 병원에 너무 오래 있었어. 답답하기도 하고. 우리 아기와 안나의 건강을 체크하는 일인데 미룰 수는 없지. 집에서 보도록 하지. 비서실에 이야기해 두었어. 여기로 오지 말고 안나에게 가라고. 그렇게 알고 있어. 만식이 대답했다. 아드님이라도 오시라 할까요? 안나가 물었다. 만식은 손을 내저었다. 아니야, 내가 출장 보냈어. 아드님이라. 그렇지, 하나 남은 아들이기는 하지. 아직까지는.

필립에게 핸드폰을 집어던졌던 다음 날 만식은 필립을 불렀다. 필립에게 약속을 받아야 할 것도 있었고 약속을 해줘야 할 것도 있었다. 안나를 필립의 새엄마로 받아들이지 않을 것이며 당연히 혼인 신고를 하지 않을 것이다, 사실혼 관계 등의 문제가 생기지 않도록 조치하겠다고 다짐해주었다. 만식은 안나와 계약서를 작성할 것이라 했다. 그녀와 그녀의 뱃속에 있는 아이의 권리에 대한, 세월이 흐른 후에도 그녀와 그녀의 아이가 주장해서는 안 되는 것들에 대한 계약서를 만들어 공증을 받아두겠다 말했다.

만식, 자신을 위해서였다. 필립이든 안나의 뱃속 아이든 자신이 허락한 것 이상을 가져갈 수도 요구할 수도 없어야 했다.
내가 죽고 나서 무슨 일이 벌어지든 누가 무엇을 가지든 상관없

어. 하지만 내가 살아 있는 동안에는 다르지. 내 것들이니까. 내가
이룬 것들이니까. 내가 가져야 할 것들이 아직 남아 있으니까.

만식은 무거워진 욕심이 부담스럽기도 했지만 떼어내고 싶지
않았다. 욕심 주머니들을 놓아버리는 순간 한없이 가벼워져 둥둥
떠오를 것 같았다. 한 점 바람에 날려 저 세상 어딘가에 처박힐 것
이 분명했다.

안나 뱃속 아이를 위한 것이기도 했다. 내가 죽은 후 누가 무엇
을 가져가든 무슨 일이 벌어지든 상관없지, 아무렴. 고개를 끄덕
이다가도 필립에까지 생각이 이르면 만식은 고개를 가로저었다.

그 녀석에게 넘길 수는 없지. 언젠가는 누군가를 선택해야겠
지. 하지만 그 누군가가 필립이어서는 안 돼. 그러니까 오래 사는
수밖에. 더더욱 건강하게, 더더욱 오래. 안나 뱃속 아이가 어른이
될 때까지, 자신의 것이 무엇인지 알 때까지, 자신의 것을 지킬
수 있을 때까지.

나는 저 아이가 무서워요.

만식이 아내와 함께한 마지막 여행의 첫날 그녀가 말했었다.
유언 같은 그녀의 말이 만식의 머리를 맴돌았다. 인정할 수 없는,
받아들일 수 없는 장면들이 만식의 머리에서 마음으로, 다시 머

리로, 필립을 바라보는 만식의 눈으로 옮겨 다녔다. 만식은 첫째 아이가 죽던 날, 아내가 죽던 날의 필립을 상상했다.

형제를 잃고 엄마를 잃은, 심지어 그 모든 자리에 있었던 필립이 불쌍하기도 했다. 간혹 그 모든 자리를 이유로 아비의 정 대신 분노를 채운 자신이 과하다 여긴 적도 있었다. 그러나 만식은 자신의 삶이 길어질수록 필립이 두려웠다. 주위를 서성이며 자신의 죽음을 기다리고 있을 필립이. 그리고 화가 났다.

회사의 일이든 집안일이든 만식이 정한 선을 필립이 넘어설 때마다 만식은 필립에게 물었다. 네가 진짜로 원하는 것이 무엇이냐? 반드시 스스로 서는 것입니다. 필립이 대답하면 언젠가, 언젠가는 그날이 오지 않겠느냐? 하지만 아직은 아니니 서두르지 마라, 나는 아직 굳건하다. 기다리기 힘든 일이더냐? 만식은 되물었다.

"네가 약속해 주었으면 하는 것이 있다."

안나와의 계약서에 대해 이야기를 한 뒤 만식이 이어서 말했다.

"말씀하십시오. 그것이 무엇이든 그것이 저의 약속이겠습니까? 아버님의 당부겠지요. 저는 따르기만 하면 되지 않겠습니까?"

"안나는 나와 함께할 때만 우리 집안사람이다. 내가 약속하마. 이제 네가 약속해다오. 나는 네가 안나 뱃속에 있는 아이를 너의 동생으로 인정해줬으면 한다. 그리고 내가 살아 있는 동안은 물론이고 내가 죽은 뒤에도 그 아이를 경쟁자라 여기지 말거라. 가능한 일이 아니지 않느냐. 내가 저세상으로 갈 무렵이면 너도 이미 제법 나이를 먹었을 것이다. 무슨 말인지 알겠지. 나는 그저 그 아이가 건강하게, 바르게 자라기를 바랄 뿐이다. 그렇게 커준다면 그때 가서 그 아이가 할 일이 있겠지."

"알겠습니다."

필립이 대답했다. 만식은 무릎과 허벅지를 손으로 움켜쥐며 필립을 보았다. 억울하다, 서운하다, 그럴 수 없다. 왜 그렇게 말하지 않는 거지? 알겠습니다, 라니. 필립의 표정을 읽을 수가 없었다.

"그 여자를 사랑하십니까?"

필립이 만식에게 물었다.

"사랑이 무엇이냐?"

만식이 대답했다.

"사람들 눈에 어떻게 보일지 부끄럽지 않으십니까?"

필립이 다시 만식에게 물었다.

"다른 사람이 어떻게 생각할지 내가 신경을 써야 하느냐? 젊고 건강한 여자를 가질 수 있다면 너는 거부할 수 있느냐? 내가 칠십 먹은 여자와 함께 있으면 아름다운 것이냐? 돈 있고 건강이 있는데, 욕망이 있는데 왜 가만히 있어야 하느냐? 도덕, 다른 사람들의 시선, 순리 따위 말하지 마라. 그것들에 신경 쓸 것이었으면 애초에 인공 장기 따위 이식받지 않았다. 나는 벌써 죽었지. 나는 안나의 피부, 가슴, 엉덩이를 보면 가만히 있을 수가 없다. 그게 사랑이라면 안나를 사랑하는 것이고 그게 징그러운 노욕이라면 노욕이겠지. 노욕이면 또 어때. 나는 내가 가질 수 있는 것들을 가진 것뿐이다. 안나도 내게서 받고 싶은 것을 받을 것이고. 우리는 서로 주고받은 거다. 너는 다를 줄 아느냐?"

만식은 이렇게 대답했다.

짐을 다 챙긴 만식이 병동의 수간호사를 불렀다. 짐을 집으로 보내 달라 부탁했다.

수간호사는 당황했지만 이내 네, 하고 대답했다. 굳이 부딪히고 싶지 않았다.

"원래는 안 해드리는 건데."

수간호사가 작은 목소리로 말을 흘렸지만 만식은 대답 없이 병실을 나섰다. 확실히 이전보다 숨 쉬기 편했다. 지하 주차장으로 내려갔다. 지하 주차장에 세워둔 것이 맞기는 한데, 어디에 세웠더라? 차를 어디에 세워두었는지 기억이 나지 않았다. 지하 2층이 맞는데. 만식은 천천히 지하 주차장 벽을 따라 걸었다. 왼쪽 기둥 뒤 낯익은 차가 보였다. 저렇게 먼 곳에 세워두었나? 고개를 갸웃거리며 차 문을 열려는 순간 누군가 만식의 손을 잡았다. 만식이 고개를 들었다.

"자네가 여기 어쩐 일인가?"

"회장님 혼자 퇴원하신다고 걱정을 많이 하더라고요. 제게 부탁을 했습니다. 제 차를 타시지요. 바로 옆에 세워두었습니다."

만식은 차 뒷좌석으로 들어가 앉았다.

"내 차는 어쩌지?"

안전띠를 매며 만식이 물었다.

"옮겨다 놓겠습니다."

"열쇠는?"

"저희에게 비상키가 있습니다. 지금 옮기도록 하겠습니다."

"저희라니?"

"제가 오면서 한 명 더 데리고 왔습니다. 회장님을 모시는 것, 회장님 차를 옮겨 놓는 것 두 가지를 혼자 할 수 없어서."

만식을 태운 차는 병원을 빠져나갔다. 십 분 정도 지난 뒤 만식의 차도 뒤따랐다. 만식은 운전석 뒷자리에 앉아 등을 기댔다. 걱정을 했단 말이지. 기특했다.

"회장님 드실 음료를 챙겨왔습니다. 직접 달인 것이라고, 직접 모시지 못해 죄송하다고, 꼭 다 드시라 하더군요. 콘솔박스에 있습니다."

만식은 콘솔박스에서 텀블러를 꺼내 뚜껑을 열었다. 하얀 김이 올라왔다. 약간 쓴, 하지만 나쁘지 않은 맛이었다. 만식은 차창을 내리고 가슴 깊숙이 숨을 들이쉬었다. 미세먼지가 많은 날이라도 걱정하지 마십시오. 알아서 걸러질 것입니다. 만식은 이 교수의 말을 떠올렸다.

잠시 후 만식은 잠이 들었다. 만식을 태운 차는 경부고속도로 로 향했고 만식의 차는 서울양양고속도로 쪽으로 방향을 잡았다. 두 시간쯤 지나 만식이 탄 차가 금강 휴게소에 들어섰다. 푸드 코 트 앞쪽에 정차를 하자 검정 티셔츠를 입은 사내가 올라탔다. 사 내와 만식을 태운 차는 다시 출발했다. 검정 티셔츠는 운전석에 앉은 사내와 몇 마디 나누고는 만식의 어깨를 잡아 흔들었다. 만 식이 낮은 신음 소리를 냈다. 운전을 하던 사내가 앞좌석에 놓여 있던 가방을 건넸고 검정 티셔츠는 가방에서 주사기를 꺼내 만식 의 어깨에 꽂았다.

2. 노송老松 아래 아무것도 없었다

달고 묵직한 향이 흘러내렸다. 국화 향은 장례식장 입구와 빈소를 바닥부터 채웠고 만식이 누워 있는 관보다 높은 곳까지 쌓였다. 만식이 가지고 갈 마지막 기억은 국화 향이었다. 조의금 함에서 새어나온 지폐의 냄새가 약간 섞이는 정도면 충분했다.

조문객들이 문을 열 때마다 바람이 들어와 국화 향을 흔들었다. 필립의 코끝에 국화 향이 닿으면 필립은 자리에서 일어났다. 두세 걸음 앞으로 나가 영정 앞의 향로에 향을 더 피웠다. 국화 향이 흔들린 틈으로 다른 무언가가 들어갈 것 같았다. 필립은 만식이 국화 향과 지폐, 향로의 향을 제외한 다른 냄새를 기억하는 것이 싫었다. 이를테면 안나와 그 자식의 냄새. 비록 필립이 약속한 삶들이기는 했지만.

필립은 두 번째 자식이었다. 안나의 뱃속에 세 번째 자식이 있었지만 그것은 아직 일어나지 않은 일이었다. 안나와 그 자식을 어찌 대할지는 오로지 필립과 필립이 얻게 될 것들에 달려 있었다. 물론 필립은 약속을 잊지 않았다. 만식과의 약속, 노마와의 약속 모두. 지키지 못할 약속을 왜 하나? 회의석상에서, 직원과의 공식적인 대화 자리에서 필립이 즐겨 쓰던 말이었다. 상대방을 궁지에 몰아넣고 결국 고개를 숙이게 만들었다. 필립은 그런 날이면 당사자를 불러 술을 사주고 어깨를 토닥이며 이렇게 말했다. 약속은 어기라고 있는 거지, 그렇지 않아?

들어가 좀 쉬세요. 몇몇 사람들이 안나에게 말했다. 안나는 고개를 가로저었다. 소리 내 울지는 않았지만 손수건으로 눈물을 쉼없이 훔쳐냈다. 울다가 지치면 반대편 벽을 보거나 한숨을 내뱉으며 어휴, 하고 신음 소리를 냈다. 필립은 아무 말도 건네지 않았다. 만식의 영정을 올려다보거나 방바닥을 내려다볼 뿐이었다.

가깝지 않은 사람들, 조문객 중 일부는 안나가 필립의 아내인지 필립의 여자 형제인지 궁금했다. 하지만 필립에게 직접 묻지 않았다. 자신들의 자리로 돌아가 서로 묻고 상상했다. 필립 또한 나서서 설명하지 않았다. 안나를 아는 사람에게는 군이 설명할 필요가 없었고 안나를 모르는 사람에게는 군이 말할 필요가 없었다.

"저 여자는 왜 빈소에 두는 거냐? 상복까지 입히고."

필립이 화장실에 들어서자 뒤따라온 외삼촌이 물었다. 오래전 죽은 누이의 남편 빈소임에도 찾아와 조문을 하고 허드렛일을 도와주고 있었다. 분명 고마운 일이었지만 필립은 고맙다 말하지 않았다. 필립의 경험에서 외가의 삼촌은 친가의 삼촌에 비해 효용이 떨어지는 어떤 것이었다. 어릴 적에는 용돈과 재미에 있어 그랬고 나이가 들어서는 필립과 만식에게 기대는 정도에 있어서 그랬다.

벌써 세 번째 같은 것을 물었다. 여전히 누이의 자리라 생각했던 곳에 다른 여자가 서 있는 것을 받아들이기 힘들었을 것이다. 이해할 수 있는 반응이었지만 안나의 자리는 필립이 판단할 일이었고 결정한 일이었다. 필립에게는 외삼촌이 와 있는 것이나 안나가 그 자리에 서 있는 것이나 둘 다 장례식장 외벽 우수관을 감고 오르는 질긴 넝쿨이었다.

"아버지 가시는 자리를 시끄럽게 하고 싶지 않습니다. 문제를 일으키지 않는다면 그냥 둘 생각입니다. 이젠 그만 물으십시오."

바지 지퍼를 올리고 세면대로 향하는 필립의 뒤에서 외삼촌이 말했다.

"네가 엄마에게 어찌 이럴 수 있냐?"

필립은 뒤돌아보지 않았다. 손을 씻은 후 종이 수건으로 손을 닦고 거울을 보았다

"그러니까요. 엄마의 아들인 제가 결정한 일이니 그냥 계시라고요. 저도 웃으며 결정한 것은 아니니."

자정을 넘어서자 조문객의 수가 줄어들었다. 오늘은 첫날이니까. 내일은 오늘보다 많은 사람이 몰려올 것이 분명했다. 만식은 죽었지만 만식이 하던 일은 남았고 만식이 가졌던 것들 또한 남았다. 누군가 이어가야 할 일, 누군가 가질 것들. 필립이 그 누군가였다. 많은 사람들이 이 자리에 와야 하는 이유이기도 했다.

필립은 고개를 숙이고 앉아 있는 안나를 보았다. 얼굴이 부어 있었다. 뱃속에 아이가 있는 젊은 여자가 버티기에 힘든 하루였다.

황당하겠지, 슬프기도 하고. 그러고 보니 저 여자 오늘 조금 많이 울었지. 정말 아버지를 사랑한 건가? 아니면 뱃속의 아이 때문에 그러는 건가?

필립은 안나의 감정과 생각이 궁금했지만 그저 궁금할 뿐이었다. 안나의 감정과 생각을 안다고 해서 바뀔 것은 없었다.

"오늘은 더 이상 오실 분이 없을 것 같네요. 들어가서 좀 쉬세요. 내일은 오늘보다 힘든 하루가 될 겁니다."

안나는 잠깐 머뭇거리다 일어섰다.

"그러면 조금만 쉬었다 오겠습니다. 회장님께서도 눈 좀 붙이시는 것이. 조금이라도."

회장님이라. 지금 나더러 회장이라 부른 건가? 허, 참. 알 수 없는 사람이네. 필립은 빈소 옆 작은 방으로 들어가는 안나를 보며 생각했다.

안나가 방으로 들어가자 작은아버지가 낮은 목소리로 필립에게 안나를 어찌 할 것인지 물었고 다른 친지들도 한 마디씩, 마찬가지로 조용히 거들었다. 정식으로 혼인을 한 것도 아닌데 왜 빈소에 세워두느냐는 이야기, 앞으로 안나와 안나 뱃속의 아이를 어찌 대할 것인지에 대한 이야기였다. 필립은 일일이 대꾸하지 않고 들었다. 필립의 대꾸가 없자 작은아버지도, 친지들도 더 이상 이야기를 잇지 못했다. 그들의 얼굴을 둘러본 필립이 입을 열었다.

"아버지의 아이를 가진 여자입니다. 그 아이는 작은아버지의 세 번째 조카이기도 합니다. 아버지 가시는 길에 인사는 하도록 두어야지요. 이후에 어찌 대할지는 아직 생각하지 않았습니다. 삼일장 첫날입니다. 지병을 앓다가 돌아가신 것도 아니고 말 그대로 황망한 일인데 어찌 이리 많은 생각들을 하십니까. 이러지들 마십시오. 빈소에서 조문객을 맞이하는 일, 쉬운 일 아닙니다. 저 여자가 감당해야 할 일이기도 합니다. 감당하게 할 것입니다."

필립은 목소리를 낮추지 않았다. 방 안에서 잠을 청하고 있을 안나가 들으라는 듯 크게 말했다.

안나는 필립과 필립의 작은아버지들이 나누는 이야기를 듣지 못했다. 안나는 방안으로 들어서자마자 쓰러지듯 누웠고 잠을 청할 겨를도 없이 잠이 들었다. 안나는 꿈을 꾸었다. 만식이 찾아와 아이를 안고 가는 꿈이었다. 아이는 두고 가. 안나는 소리를 질렀지만 목소리가 나오지 않았다. 만식을 쫓아가던 안나는 돌부리에 걸려 넘어졌고 잠이 깨었다. 핸드폰 벨이 울리고 있었다. 엄마에게서 온 전화였다.

"그깟 산전 진찰이야 하루쯤 미루면 될 것을. 수술 전부터 수술 후 회복할 때까지 하루도 빠지지 않고 옆에서 간병을 하면 뭣해. 그 하루로 도로아미타불이 된 것 아니냐. 넌 그날 같이 있었어야 해. 끝까지 그 늙은이 곁에 있었어야지. 그 늙은이의 재산 중 넘겨받은 것이 하나라도 있어? 절대 죽지 않을 것처럼, 늙지 않을 것처럼 병원을 쫓아다닌 게 무슨 소용이냐. 이렇게 가버렸잖아. 지금 후회하면 뭣하냐. 아이고, 네 팔자도, 애 팔자도. 이왕 그렇게 살겠다고 마음먹었으면 좀 더 신경을 썼어야지."

이왕 그렇게 살겠다고 마음먹었으면.

안나가 만식을 만난다는 것을 안 그날부터 엄마의 입에서 떠나
지 않는 말이었다. 이 모든 것은 네가 선택한 것이지. 그렇지 않
니? 하고 다짐을 받는 말 같았다.

엄마는 내가 그 사람과 같이 있다가 무슨 일이라도 당했으면
어쩌려고 그랬어? 그러길 바란 거야? 다행이라고, 마침 산전 진
찰이 그날이라 내가 무사할 수 있었다고 말해주면 안 돼? 안나는
엄마에게 이렇게 말하지 못했다. 애초에 기대하지 않았다.

머리맡을 더듬어 생수병을 찾았다. 일어나 앉아 물을 마신 뒤
가방에서 휴대용 청진기를 꺼냈다. 배꼽 아래에 갖다 대고 볼륨
을 키웠다. 천천히, 규칙적으로 뛰고 있는 아이의 심장 소리가 들
렸다. 안나는 왼손으로는 방바닥을 짚은 채 오른손으로 배를 쓰
다듬었다. 당신. 이러면 안 돼. 나에게, 우리 아기에게 이러면 안
돼. 다시 꿈속으로 들어가 만식에게 따지고 싶었다. 자리에 누워
눈을 감았지만 잠이 오지 않았다. 생전에 만식이 했던 말들, 노
마가 전해준 이야기들이 머릿속을 돌아다녔다. 문득 필립의 말이
떠올랐다. 내일은 오늘보다 더 힘든 하루가 될 것입니다. 길고 힘

든 하루.

"아드님 나이가 올해 어떻게 되지요?"

둘째 날 저녁이었다. 필립이 식사를 하고 있는 조문객들에게 인사를 하던 중이었다. 테이블에 앉아 있던 오랜 거래처 사장이 물었다.

"말씀 놓으십시오. 이제 겨우 오십 둘입니다."

"오십 둘이라. 회장님이 올해 여든 일곱이셨지 않나?"

맞은편에 앉아 소고기국에 밥을 말고 있던 또 다른 조문객이 물었다.

"네, 맞습니다. 여든 일곱. 하지만 몸과 마음은 청춘이셨습니다."

"그렇지. 정정하셨지. 삼십 년은 더 거뜬히 사실 것 같았는데. 안타까워, 안타깝고말고. 아드님 나이도 적지 않네. 회장님 밑에서 일을 배우고 있다고 듣기는 했지."

필립은 대답 없이 고개를 끄덕인 후 자리에서 일어났다. 모자란 것 없으신지 무엇이든 말씀하시라는 말을 남겨 놓고 빈소로 돌아왔다. 빈소로 돌아온 필립이 자리에 앉았다. 털썩, 소리가 났다. 작은 아버지가 필립의 무릎을 손으로 감쌌다.

"네가 고생이 많다. 하나 있던 형도 사고로 보내고, 어머니도 그렇게 가고, 이제 혼자 남았다고 생각하니 내 마음이 짠하다. 마음을 굳게 가져라. 네가 이제 우리 집안의 기둥이다. 형님이 너의 이름을 필립이라 지으신 것을 보면 이리 될 줄 예상하셨나 보다. 갑작스럽게 가시기는 했어도 형님에게 여한은 없지 싶다. 동생 둘을 먼저 보내고도 제법 사셨지. 하고 싶은 것도 다 해보셨을 것이고, 아닌가? 조금 억울하시려나? 건강하게 오래도록 살기 위해 할 수 있는 것은 다 했는데 이렇게 가다니, 이러시려나? 아무튼 힘을 내거라. 이제 곧 내 차례다. 허허."

이십이 년 전 필립의 형이 죽었다. 패러글라이딩을 하러 가던 중이었다. 새로 산 패러글라이더를 싣고 달리던 차가 호수에 빠졌다. 필립은 운전석 차창으로 빠져나왔지만 형은 그러지 못했다. 차는 무거웠고 호수는 깊었다. 필립이 다시 호수로 몸을 던졌지만 아무것도 보이지 않았다. 여섯 시간 뒤 형은 차와 함께 올라왔다. 안전벨트를 그대로 매고 있었다. 다른 세상으로 가는 길에서도 안전벨트가 생명줄이라 여긴 듯 보였다.

그날 만식이 변했다. 아니, 원래 그랬는지도 모른다. 필립이 모르고 있었을 뿐. 형의 자리에 서니 만식이 보였다.

만식은 영원히 살기로 마음먹은 사람 같았다. 그것도 건강하게.

그는 건강에 관한 모든 것을 직접 챙겼고 수명 연장과 관계된 새로운 것들을 찾아다녔다. 만식이 기댔던 것은 의학 기술이었다. 새로운 기술과 신소재를 앞세운 인공 장기 업체들은 고가의 상품을 사용할 수 있는 돈 많고 절실한 소비자가 필요했고 만식은 자신의 건강을 유지하고 수명을 연장할 수 있는 효과적인 기술을 원했다. 새로운 기술과 소재들은 만식이 지불한 금액만큼 효과가 있었다. 만식이 여든이 되었을 때 만식의 심장과 만식의 콩팥 중 하나와 만식의 간, 그리고 관절의 일부는 만식이 태어날 때 가지고 왔던 그것들이 아니었다.

큰아들이 죽은 후 만식은 담배를 끊었지만 담배에 대한 두려움은 그때부터 시작됐다. 내가 담배 냄새를 맡는 일이 없었으면 좋겠어. 나는 담배가 가장 무서워. 만식은 담담하게 말했지만 비흡연은 '올더앤베러'의 채용 조건 중 가장 중요한 것이 되었다. 여태까지 피웠던 담배가 어디 가겠어? 언젠가는 내 목을 붙잡고 늘어지겠지. 만식은 피할 수 없는 운명이라 말했지만 당연한 듯 받아들이고 기다리지는 않았다. 유난히 미세먼지 농도가 높았던 올해 봄, 한 달 정도 객담과 기침이 지속되자 만식은 수술을 선택했다. 의사의 만류는 의미가 없었다.

닷새 전이었다. 성공적인 인공 폐 이식 수술 후 퇴원하던 만식이 사라졌다. 만 삼십육 시간 후 동해안의 자그마한 부두에서 만식과 만식의 차가 발견되었다.

필립은 만식이 숨진 채 발견된 그날 만식의 시신을 받지 못했다. 유족의 동의와 관계없이 부검이 진행되었다. 경찰은 만식의 인공 심장과 인공 콩팥, 인공 간, 그리고 새로이 이식받은 인공 폐가 사라졌다는 사실을 확인했다. 만식은 자연 그대로의 인간이 되어 돌아왔다. 이틀 전이었다.

"그 참, 그렇지 않아도 형님께 조심하시라 말씀드렸었는데. 인공 장기를 노리는 나쁜 놈들이 있다 하더라고. 형님에게 그런 일이 생길 줄이야. 오래도록 건강하게 살자고 몸에 단 것들이 아니냐. 그런데 그것들 때문에 죽는 일이 생기다니. 참."

"경찰이 조사하고 있으니 기다려봐야지요. 결과를 바꿀 수는 없으니."

"그래, 경찰 쪽에서는 아직 연락이 없고?"

"형사 한 명이 찾아오기는 했습니다. 짧게 이야기만 나누었습니다. 아주 특별한 일이 생기지 않는 한 상이 끝나기 전에는 연락하지 말라고 했습니다."

필립은 조용히 만식의 상을 치르고 싶었다. 만식이 어떻게 죽었는지, 무슨 일이 있었는지 세상의 주목을 받는 것이 싫었다. 만식의 죽음보다 인공장기에, 인공장기보다 그것들이 만식의 몸에 들어있었다는 사실에 더 관심을 가질 것이 뻔했다. 사람들의 이야깃거리가 되는 것, 경찰서에 불려 다니는 것, 잊힐 만하면 다시 무덤 속에서 불려 나오는 것, 필립은 원하지 않았다. 뭐가 중요 해? 죽었다는 사실이 중요한 거지.

사람들의 무관심을 원했다. 어떻게 돌아가셨냐는 조문객들의 질문에 그렇게 되었습니다, 모호한 대답을 한 것도 그런 이유였 다. 사라진 인공 장기들은 필립에게는 의미가 없었다. 어차피 장 례를 치르려면 떼어내야 하는 것들, 애초에 달지 말았어야 하는 것들이었다.

필립은 가족과 친지들에게도 만식의 죽음에 대해 필요 이상의 말을 하지 말라 신신당부를 했다. 한 명의 조문객이 방문하기 전 까지는 필립이 뜻하는 대로 흘러갔다.

"아이고, 이게 무슨 일입니까? 지난주에 문안 인사를 드렸을 때 만 해도 웃는 얼굴로 덕담도 하고 그랬는데."

영권. 만식이 후원회장으로 있던 국회의원이다. 정치에 입문할 때부터 만식의 후원을 받았다. 영권의 뒤로 인호가 서 있었다. 필 립은 인호와 눈을 맞췄다. 인호는 빙긋이 웃음을 지었고 필립은 고개를 가로저었다.

"이게 무슨 일입니까? 형님."

필립은 영권을 말려야겠다고 생각했다. 영권이 무슨 말을 할지 알 수 없었다. 무릎을 꿇은 채 영정을 바라보고 있는 영권에게 다가가 어깨를 잡고 일으켜 세웠다. 필립이 영권을 안고 빈소 밖으로 나가려는 순간 영권이 몸을 돌렸다. 영권의 일정을 취재하러 온 기자들을 향해 포즈를 취했다. 그리고 입을 열었다.

"백주 대낮에, 동방예의지국이라는 대한민국에서 이게 있을 수 있는 일입니까? 노인을 상대로 한 범죄라는 것도 치가 떨리는 일이지만, 그 목적이 인공 장기를 탈취하기 위해서였다는 사실에 놀라고 더욱 화가 납니다. 이루 말할 수 없을 정도의 큰 슬픔 그리고 큰 분노를 느낍니다. 약속하건데 반드시 범인들을 찾아낼 것입니다. 지구, 아니 우주 끝까지라도 쫓아가야지요. 잡아와서 법정 최고형으로 죗값을 치르도록 하겠습니다. 슬픕니다. 정말 슬픕니다. 오늘 우리는 큰 어른을 잃었습니다. 이제 누가 있어 우리 어르신들을 위한 배려와 봉사의 길을 보여주겠습니까?"

카메라 플래쉬의 불빛을 배경으로 영권이 필립에게 다가왔다. 필립은 고개를 숙였고 영권은 두 팔로 필립을 안았다. 필립의 등을 토닥이며 고개를 끄덕였다. 기자들은 병원과 경찰서에 전화를 걸기 시작했다.

삼십 분 후 영권은 급한 일정이 남아 있다며 장례식장을 떠났다.

영권을 배웅하고 돌아온 필립에게 아내가 핸드폰 화면을 보여주었다. 만식의 얼굴이었다. '노인을 위한 기업, 올더앤베러의 창업주 최만식 회장 영원히 잠들다.'라는 메인 기사 아래 여러 개의 기사들이 달리는 중이었다. 처음에는 만식의 일생과 애도의 기사가 주를 이루었지만 차츰 만식의 사인에 대한 보도들이 위로 올라오기 시작했다. 이어 만식이 이식받은 인공 장기까지, 이런 일이 없었다면 백삼십 살은 거뜬했을 것이라는 주치의의 인터뷰까지. 필립은 보고 싶지 않았다. 아내에게 핸드폰을 돌려주고 눈을 감았다. 엄지손가락으로 귀 뒤를 누르며 마음을 가라앉혔다.

아내가 필립의 어깨를 잡고 흔들었다. 눈을 뜬 필립에게 아내가 보여준 것은 기사 아래에 달린 댓글이었다.

얼마나 오래 살려고 한 거야? 도대체.

영원히 살려고 했구만.

완전 인조인간이네 인조인간.

그러면 아들은 몇 살인거야? 아버지가 계속 살았으면 회사는 언제 물려받게 되는 거야?

필립은 아내의 핸드폰을 빼앗아 바닥으로 던져버렸다.

"뭐 하자는 거야? 지금 꼭 이런 것 봐야겠어?"

당황한 필립의 아내는 핸드폰을 줍지도 못한 채 고개를 숙였다.

"아버지 앞이다. 큰소리 내지 말거라."

작은아버지가 말했다.

"이 사람은 항상 이런 식이에요."

필립의 아내는 작은아버지와 친지들에게 하소연을 했다. 필립은 빈소에서 나와 신을 신었다. 몇몇 기자들이 질문을 하며 마이크를 들이밀었지만 손사래를 치며 밖으로 나왔다.

필립은 주차장을 빙 둘러 걸었다. 선선한 저녁 바람이 낮의 열기를 가라앉히고 있었다. 필립의 마음도 가라앉았다. 아내에게 화를 낸 것이 미안하기도 했고 영권을 먼저 말리지 못한 자신을 탓하기도 했다. 어차피 벌어질 일이었어. 필립은 크게 숨을 내쉬고 걸음을 돌렸다. 인기척이 있었다. 안나였다. 장례식장 안에만 있자니 그녀도 답답했을 것이다.

"힘드시죠?"

"……."

묵례를 하고 지나치는 필립에게 안나가 말을 걸었다.

"앞으로 사십 년은 더 사실 것 같았어요. 건강하게. 그 정도면 저와 뱃속의 아이가 스스로 사는 법을 배울 수 있겠다 생각했는데. 제게 다른 욕심이 있는 것도 아니고."

필립은 대답하지 않았다. 안나가 말하는 동안 고개를 들어 밤하늘을 올려보았다. 하현달이 초승달로 바뀌고 있었다. 곧 그믐이겠군.

"예정일이 십일월 이십 일이라고 했던가요?"

필립이 물었다.

"제가 말씀 드린 적 있었나요? 어떻게 아시고."

"몸조리 잘하세요. 지난번 말씀드린 대로, 아버님께서 당부하신 대로 할 것입니다. 걱정하지 마세요. 그러면 먼저 들어가겠습니다."

필립은 빈소로 돌아왔다. 아내는 돌아앉아 있었다. 바닥으로 내팽개쳤던 핸드폰도 그대로였다. 필립은 핸드폰을 가지고 와 아내의 손에 쥐어주었다. 아내는 눈을 흘겼고 필립은 미안하다 말했다.

메인 뉴스 화면이 바뀌어 있었다. 인공 장기에 관한 기사는 아래로 밀려났고, 최만식 회장의 일생과 올더앤베러의 역사에 대한 기사가 위로 올라왔다.

만식의 목소리가 텔레비전에서 흘러나왔다. 10여 년 전 모 방송국과 했던 인터뷰였다.

"올더앤베러, 부르기 좋아서 만든 이름 아닙니다. 나이가 들수록 삶은 나아져야 합니다. 그들이 만든 세상에서 그들이 누리고 선택할 수 있어야 합니다."

텔레비전 속 만식은 화면 바깥을 응시하며 오른 주먹을 들어 보였다. 방송을 보던 조문객들이 박수를 쳤다. 그들을 둘러보던 필립은 문득 조문객들이 모두 노인이라는 사실을 깨달았다. 저들이 아니었다면 제법 쓸쓸한 장례식장이 되었겠어. 필립은 피식웃었다.

"수목장을 할 것입니다."

필립이 말을 꺼냈다. 선산에 안장하거나 납골당에라도 모셔야하지 않겠느냐? 작은아버지와 친지들은 입을 대고 싶었겠지만 그들은 지쳐 있었다. 칠십 대 후반의 노인들이 삼일장을 오롯이 견뎌내는 것은 쉬운 일이 아니었다. 어차피 필립의 뜻대로 될 일이기도 했다.

필립은 만식을 똑 닮아 있었다. 한번 마음을 정하면 좀처럼 바꾸지 않았다. 아집이라 말하기에는 근거가 명확했고 일방적이라말하기에는 대화와 설득의 과정을 중시했지만, 그럼에도 결론은자신의 뜻대로 되어 있었다. 필립의 뜻을 꺾을 수 있는 유일한 사람은 만식이었다. 두 사람은 자주 의견이 부딪혔다. 필립의 정원에 모란을 심는 것부터 회사의 운영과 미래에 대한 계획, 투자 등의 문제까지, 거의 모든 방면에서 그들은 의견이 달랐다. 너희들은 걱정하지 말거라. 우리는 아주 조금 의견이 다를 뿐이다. 둘사이의 의견 대립을 걱정스럽게 바라보던 가족들에게 만식은 말했다.

나는 너의 아버지가 아니냐. 내 돈으로 하는 것이지 않느냐. 어차피 결정은 내가 하는 것이지. 만식은 간단하고 유치한, 그러나 치명적인 말들을 테이블 위에 올려놓고 필립과 마주 앉았다. 나와는 아주 조금 다를 뿐이지 않느냐. 네가 양보하는 것이 어떻겠느냐? 만식이 물었다. 그 작은 차이가 모여 큰 흐름이 되는 것입니다. 필립은 말하고 싶었지만 번번이 말하지 못했다. 고개를 끄덕였고 만식은 주위의 가족들 혹은 임원들을 둘러보며 웃었다. 필립은 만식의 웃음이 흐뭇함인지 비웃음인지 구별하기 힘들었다. 너의 세상이 오거든 너의 뜻대로 해라. 만식은 필립의 등을 두드리며 말했다. 필립은 그 말을 믿었다.

나의 세상은 반드시 오지, 내 뜻대로 할 수 있겠지. 또 한 가지, 그 세상이 저절로 오지 않는다는 것도 알았다. 두드리지 않고 소리가 나기를 기대할 수는 없지. 가만히 있어서는 아무것도 얻을 수 없어.

형이 죽은 후 필립에게 주어진 것들이 늘어났다. 형이 했던 역할을 대신하는 것만큼 필립의 세상이 넓어졌다. 하지만 필립은 주어진 것만으로 만족하지 못했다. 얻어냈다는 성취감보다는 가지고 싶다는 바람이 더 컸다. 올해에는 이것이, 다음 해에는 저것이 주어졌지만 기대와 욕망은 주어진 것을 넘어섰다. 눈앞에 있지만 손에 닿지 않는 것, 시간이 흐른 다음에야 얻을 수 있는 것, 누군가의 손에서 나에게로 전해져야만 하는 것에 대한 갈망이 커져 갔다. 만식은 너의 세상이라는 말로 필립을 달래려 했지만 만식이 인공 장기를 하나씩 달 때마다 필립의 세상은 한 걸음씩 멀어졌다.

"반은 저희 집 정원에 있는 회화나무 아래에, 반은 서울 사옥 정문 앞의 소나무 아래에 모실 것입니다. 정원에 있는 회화나무는 아버지께서 손수 심으신 것입니다. 제가 모란을 심으려 했던 자리였지요. 집안에 정승이 나도록 해주는 나무라 하시며 심으셨습니다. 아직 정승이 나지는 않았지만 직접 심으신 뜻을 기리고 싶습니다. 그곳에서 제가, 자손이 성장해가는 것을 보실 수 있도록 하겠습니다. 서울 사옥 정문 앞의 소나무는 오 년 전 양산 통도사 계곡에서 가지고 오신 것입니다. 소나무가 버텨온 세월만큼 회사가 오래도록 위로 뻗어 오르기를 바라는 마음이셨습니다. 건강한 노인의 상징이라고도 하셨지요. 그 아래에 모시겠습니다."

칠 년 전 여름 필립과 만식은 통도사에 있었다. 통도사의 담을 옆으로 두고 흐르는 작은 계곡 맞은편 줄지어 선 노송을 함께 보았다. 허허, 그 참. 허허, 그 참. 만식은 굽히지 않고 하늘로 솟아 있는 노송들을 보며 감탄의 말을 연신 뱉어냈다. 오랜 세월 꼿꼿하게 자리를 지키며 스님들의 독경 소리를 들었을 것 아닙니까? 저들이 곧 부처가 아니겠습니까? 만식은 옆에서 안내를 하던 주지스님과 필립을 번갈아 보며 이야기했다. 사람도 마찬가지일 겁니다. 한 분야에서, 한 위치에서 오랫동안 자신의 일을 묵묵히 하다 보면 도를 깨치게 되는 거지요. 요즘은 제가 꼭 그런 사람이 된 기분입니다.

팔 수도 없는 것이며 가져가기도 힘들 것이라는 스님의 만류를 뿌리치고 만식은 계곡의 노송 한 그루를 옮겨와 심었다.

그날 필립은 노송 아래의 것들을 보았다. 계곡의 노송들 아래에는 아무것도 없었다. 한 아름이 넘는 지름을 가진 노송들이 서로 간격을 두고 서 있을 뿐이었다. 이제 막 자라난 어린 소나무도, 노송의 허리춤까지 따라잡은 청년의 소나무도 없었다. 오로지 노송들만이 계곡의 깊이만큼 솟아 있었다. 그중 한 그루를 옮겨 오던 날 필립은 그 빈자리에서 자라날 새 소나무를 생각했다.

가벼웠다. 우리 아버지가 왜 이리 가벼워, 왜 이리 가벼운 거야? 눈물을 흘리며 관을 붙잡아야 했지만 필립은 그러지 않았다. 그 무거운 것들을 속에 넣고 계셨어. 내 가슴과 등을 묵직하게 누르던 아버지의 무게는 그것들의 무게였어. 그것들이 사라지니 이렇게 가볍지 않아?

만식의 시신은 속을 파낸 통나무 같았다.

속을 다 파낸 통나무로 배를 만든다 했지. 그 배를 타고 강을 건너야겠어.

필립을 태운 만식의 영구차는 넓은 강 위 다리를 건넜다.

사옥 정문 앞 노송 아래에 절반을 묻었다. 직원들이 나와 그 광경을 보았다. 일부는 울기도 했고 일부는 소름끼친다며 겉옷을 고쳐 입었다.

임원 중 한 명이 물었다.

"회사는 어떻게 할지?"

"회장님 안 계신다고 회사가 망하는 건 아닙니다. 회장님이 회사를 그렇게 만드시지도 않았고. 회장님이 돌아가셨어도 회사는 그대로입니다. 하던 대로 하면 됩니다."

필립이 덧붙여 말했다.

"그리고 당분간은 후계 따위의 이야기가 나오지 않도록 해주세요. 부회장님이 계시니 부회장님 중심으로 운영하시면 됩니다. 제가 어찌할지는 조금 시간을 두고 생각해보겠습니다."

누구도 후계에 대해 묻지 않았지만 필립은 확실히 해두고 싶었다.

집 정원의 회화나무 아래에 나머지 반을 묻은 후 필립은 작은
아버지 부부와 친지들을 배웅했다. 형도, 어머니도, 이제 아버지
까지. 세상에 혼자 남겨졌다는 쓸쓸함, 서러움. 하루 정도는 그런
기분을 느껴야 할 것 같았다. 회화나무 아래를 보며 아버지, 하고
나지막하게 불렀다. 눈물이 따라 나올 줄 알았는데 그렇지 않았
다. 입꼬리가 양쪽으로 당겨졌다. 콧구멍 안 깊은 곳 목 안으로부
터 노랫가락이 흘러나왔다. 필립의 머리는 양쪽으로 흔들거렸고
오른발은 박자를 맞췄다. 필립은 만식과의 추억을 떠올리기 위해
애를 썼지만 떠오른 것은 회사의 조직체계와 운영에 대한 것이었
다. 오래된 고민이었다.

"저."

안나였다. 언제부터 거기 있었는지 알 수 없었다. 반대쪽에는
아내가 안나와 마주 보고 서 있었다. 안나가 큰 목소리로 말했다.

"호칭을 어떻게 할지. 사모님이라 부를게요. 사모님께 정식으로
인사드린 적 없지요. 장례식장에서는 인사를 드릴 상황이 아니었
으니까. 제 이름은 안나예요, 안나. 사흘 동안 많이 신경 써주셔
서 감사합니다. 물을 가져다주신 것, 다리를 주물러주신 것 모두
감사해요. 여자로서, 아이를 가져본 여자로서 저를 살펴봐 주셨
어요. 그리고 회장님, 저와 저의 아이는 어찌할지 말씀을 기다릴

게요. 욕심부리지 않겠습니다."

　필립은 안나의 두 눈에 고인 눈물을 보았다. 닦아주고 싶은 마음이 들었지만 곧 자기가 할 일은 아니라는 것을 깨달았다. 손수건을 건넨 것은 필립의 아내였다.

3. 찰 영盈에 돌아볼 권眷 길 영永에 권세 권權

"그러니까 허 형사, 현장에 남겨진 것 중에는 단서가 될 만한 것이 없단 말이지?"

박 팀장이 허 형사의 책상으로 다가왔다.

"피해자의 것을 제외하고 남겨진 지문도 없습니다. 혈흔이 있기는 합니다만 모두 피해자의 것입니다. 많지도 않고요. 사실 그것도 이상합니다."

허 형사가 자리에서 일어나며 대답했다. 박 팀장이 허 형사에게 커피를 건넸다.

"앉아, 앉아서 이야기하자고. 커피 한 잔 하면서."

박 팀장은 옆자리의 의자를 끌고 와 앉았다.

"피해자가 병원에서 타고 나간 본인의 차량에서 살해된 채로 발견이 됐는데 혈흔이 얼마 없다는 겁니다. 다른 곳에서 살해된 후 시신이 발견된 장소, 차로 옮겨졌다는 이야기가 됩니다. 장기를 꺼내는 작업을 차 안에서 하기는 힘드니까 어딘가 다른 곳에서 범행을 저질렀다 볼 수 있지요. 문제는 어디서 했느냐 인데요. 차량이 고속도로 진입 톨게이트를 통과한 것과 차량 발견지의 도착 톨게이트를 통과한 것까지 확인을 했는데 그 시간이 빠듯합니다. 다른 뭔가를, 이를테면 장기를 꺼내거나 할 그런 시간이 안 되거든요. 장기가 한두 개도 아니고. 하이고, 완전 인조인간이더군요. 간, 폐, 콩팥, 관절, 심장까지. 다 인공 장기예요."

"조금만 더 살았으면 머리만 빼고 다 바꿨겠네. 역시 돈이 좋기는 좋네. 결과는 좋지 않지만 말이야. 하여튼, 그러면 이쪽 톨게이트를 지나기 전에 다른 차량이나 장소로 옮겨졌거나 저쪽 톨게이트를 지나서 옮겨졌거나. 그럴 수 있는 거네."

박 팀장이 허 형사를 보며 말했다.

"가능하죠. 그런데 그게 잡히는 게 없습니다. 병원에서부터 톨게이트까지의 차량 동선에 있는 CCTV를 다 살펴봤는데 특별한 것이 보이지 않습니다. 저쪽도 마찬가지고. 게다가 무슨 비밀이 그리 많았는지 선팅을 심하게 해놓아서 차량 안을 볼 수가 없습니다."

허 형사가 메모지에 그림을 그려가며 박 팀장에게 설명했다.

"만약에 출발부터 다른 차를 타고 갔다면? 그럴 가능성은 없어?"

허 형사가 컴퓨터에 영상 하나를 띄웠다.

"이게 병원 지상, 지하 주차장 CCTV 전체 영상입니다. 살펴봤는데 지상, 지하 주차장 그 많은 자리를 두고 CCTV 사각지대에 주차가 되어 있었나 봅니다. 피해자 차량이 어디에 있었는지 보이지가 않아요. 여기 보시면 피해자가 보입니다. 피해자도 자기 차를 어디에 두었는지 기억이 나지 않았던 모양입니다. 한참 동안 지하 2층 주차장을 돌아다니더라고요. 그러다가 여기서 갑자기 사라졌습니다. 저기는 CCTV가 없다고 하네요. 원래는 조립식 창고를 둔 자리였는데 주차할 자리가 부족해지면서 주차구역으로 용도를 변경한 곳이라 CCTV를 설치하지 못했답니다. 피해자가 보이지 않은 시점 후로 주차장을 빠져나가는 차량을 살폈는데 이십 분 정도 있다가 피해자 차량이 주차장을 빠져나가는 것이 확인되었습니다."

"이십 분이면 좀 길지 않아?"

"길죠. 무슨 일을 한 건지 알 수도 없고. 주차하러 들어오고 나가는 차량이 워낙 많은 곳이라 시간대를 맞추어서 살피기는 애초에 불가능하고. 큰 회사의 회장이나 되는데 혼자 퇴원하게 둔 것도 이해가 안 되고. 일이 그렇게 되려고 하니 그렇게 된 건가 싶기도 하고."

"왜 혼자 퇴원했다는데? 마우스가 왜 이래?"

박 팀장어 마우스로 영상을 확대하려 했으나 마우스가 말을 듣지 않았다.

"아까부터 이상하더니. 건전지가 다 되었나 봅니다. 갈아놓겠습니다. 왜 혼자 퇴원하게 두었는지 물어봤지요. 인공 폐 이식 수술을 받은 후 한참 동안 입원을 했답니다. 정상적인 생활이 가능할 상태가 되어 퇴원을 했는데 피해자가 다른 사람에게 운전대를 안 맡기는 성격이라네요. 나이가 팔십 일곱인데도 자기가 운전할 수 있다고 아무도 나오지 말라고 했답니다. 담당 교수가 그러는데 마지막 회진을 돌 때 그랬답니다. 혼자 퇴원해서 회사에 깜짝 출근을 할 거라고. 그래야 평소에 직원들이 어찌하고 있는지 볼 수 있다고. 하나 있는 아들은 해외 출장을 갔고 사실혼 관계이던 여자는 산전 진찰을 갔었답니다. 하필 그날."

"산전 진찰? 무슨 말이야? 손주 며느리도 아니고 사실혼 관계? 팔십 일곱이라 안 했어? 내가 잘못 들은 거지?"

"그게, 마이걸이랍니다. 마이걸. 나 같은 홀아비는 피해자 가족이나 용의자들 쫓아다니고, 구십이 다 되어가는 노인은 어린 여자하고 그러고 있고. 세상이 그런 거지요, 뭐. 임신까지 시켜가면서. 임신이 가능하다는 게 신기하기도 하지만. 솔직히 말하면 이 사건 별로 재미없습니다. 나는 왜 사나 싶기도 하구요."

의자에서 일어난 박 팀장은 허 형사의 등을 토닥였다. 담배나 한 대 피우러 가자며 허 형사를 끌고 밖으로 나왔다.

"하여튼 이거 빨리 끝내자. 위에서 말 나왔다. 빨리 그리고 반드시 범인을 잡아내라고."

허 형사는 담배 연기를 한 모금 빨았다가 뱉어냈다.

"그게 재촉한다고 됩니까?"

박 팀장이 손가락으로 위를 가리켰다.

"서장님한테 전화가 온 모양이야. 김영권이라고. 국회의원. 있잖아, 지난번 전 국민 기본 소득 국민 투표 부결시킨 그 국회의원. 피해자와 관계가 깊었던 모양이야. 범인을 반드시, 빨리 잡아내라고 서장님에게 닦달을 했나 봐. 그 국회의원이 지금 여당 실세라며?"

허 형사는 담배꽁초를 종이컵 바닥에 문질렀다.

"김영권요? 국민 기본 소득 부결시키고 노인 기본 소득으로 바꿔 통과 시킨 그 사람이지요? 거기도 나이가 팔십이 다 되었을 겁니다. 팔십이 다 되어가는 정치가와 구십이 다 되어가는 부자라. 친할 수밖에 없겠네요. 지들이 다 해 처먹고 있으니. 혼자 먹으면 심심했을 거고. 니미, 젊은 나는 똥이나 닦고 있고. 아, 진짜, 이 사건 수사하기 싫어지네. 팀장님, 이 사건 다른 팀 주면 안 됩니까? 아니면 뭉개다가 미제사건으로 처리해버리든지."

박 팀장은 두 손으로 허 형사의 양쪽 어깨를 주물렀다.

"그렇지. 그래도 어쩌겠냐. 우리 일인 것을. 그러니까 빨리 끝내고 다른 사건 해결하러 가야지."

허 형사는 고개를 끄덕였다. 박 팀장의 손을 어깨에서 내리며 대답했다.

"네, 압니다. 알지요. 그냥 기분이 그렇습니다."

둘은 경찰서 안으로 다시 들어왔다. 박 팀장이 앞서서 계단을 걸어 올라갔고 허 형사가 뒤를 따랐다.

"팀장님, 이상한 게 또 있습니다. 굳이 왜 시신이 발견되도록 두었냐는 겁니다. 어디에 묻어버리거나, 물속에 던져버려도 될 것을 굳이 옷을 다시 입혀 차에 태웠냐는 거지요. 일부러 발견되기를 원했던 거잖아요."

"그러네. 단순한 사건이 아닐 수도 있겠어. 범인을 잡으면 꼭 물어보자고."

"지금 농담하는 게 아니잖습니까. 왜 그랬는지 추측이라도 해야 범인을 잡을 수 있는 거잖아요. 그리고 아들이."

사무실로 들어가는 박 팀장의 뒤를 쫓아가며 허 형사가 말했다.

"아들이 뭐?"

박 팀장이 뒤를 돌아보며 물었다.

"직계 유가족으로 아들이 하나 있는데요. 위로 형과 어머니가 다 사고로 죽었답니다. 그런데 두 번 다 사고 현장에 그 아들이 있었습니다. 유일한 목격자이기도 하고. 형이 죽었을 때는 같이 차를 타고 있다가 혼자 살았고요."

"그래? 이번에 외국 출장 나갔다는 그 아들?"

"네."

"그러면 용의자는 아니네."

"그게 아니고, 인생이 참 그렇다는 이야기지요. 형이 죽는 현장에 있었지요, 잠깐 다녀온 사이에 어머니는 절벽에서 떨어져 죽고, 이번에는 외국에 가 있는 동안 아버지가 살해를 당했으니. 기구한 인생에 기구한 집안이지요."

영권은 경찰서장과 통화를 끝낸 후 전화를 내려놓았다. 무조건 잡으라고. 그것도 빨리. 그게 당신이 할 일이잖아. 큰 소리를 내어서인지 목이 간지러웠다. 가래가 목 안쪽에 붙어 있는 느낌이었다. 으흐흐크. 억지로 한 기침에 가래가 튀어나와 명패에 붙었다. 노랬다. 허, 좋으면 나도 하려 했는데 말이야. 영권은 만식의 경과를 지켜본 후 나쁘지 않으면 인공 폐 이식을 받으려 했었다.

그의 심장은 이미 인공 심장이었다. 협심증 진단을 받고 관상 동맥우회로 수술과 나노 로봇 시술, 스텐트 시술 사이에서 고민하던 영권에게 만식이 인공 심장 이식을 권했다. 그는 만식의 조언을 따랐고 만족했다.

영권은 티슈를 뽑아 가래를 훔쳤고 안경 닦이 천을 꺼내 명패를 닦았다. 은근한 초록의 옥에 금으로 새겨진 이름. 국. 회. 의. 원. 김. 영. 권. 만식이 선물해준 명패였다. 몇 대 국회의원인지 숫자는 쓰여 있지 않았다.

계속할 건데 번거롭게 숫자를 왜 쓰나? 할 때마다 새로 만들려면 아까워.

만식은 영권과 눈을 맞추며 영권의 손에 명패를 쥐어주었다. 삼십 년 전의 일이었다.

영권은 이후 삼십 년 동안 명패를 바꾸지 않았다. 값이 만만치 않은 고급의 명패라 새것으로 바꿀 필요가 없기도 했고, 삼십 년째 같은 명패를 사용하는 검소한 정치인이라는 이미지가 필요하기도 했지만, 가장 큰 이유는 '만식에게 보이기 위해서'였다. 정치인으로서 영권을 믿고 후원해준 만식에 대한 감사의 표시였다. 당신이 만든 정치인이니 끝까지 책임지라는 뜻이기도 했다.

영권의 원래 이름은 영달이었다. 국민을 위해서 일하겠다는 정치인의 이름이 영달이 뭐냐며 만식이 권한 이름이 영권이었다.

유권자들이 물어보면 '찰 영盈자에 돌아볼 권眷자라 말하시게. 항상 뒤를 돌아보는 마음으로 스스로를 채우라는 뜻입니다.' 하고 대답하고. 스스로 다짐할 때는 '길 영永자에 권세 권權자, 영원한 권력이다.' 하고 생각하시게. 권력은 놓지 않는 것이 중요하네. 한 번 잡은 것은 절대로 내어놓지 마시게.

영권이라 이름을 지어주며 만식이 말했었다.

정치를 시작한 이래로 일곱 번의 국회의원 선거가 있었다. 그 중 두 번의 선거를 제외하고 다섯 번의 선거에서 영권은 승리했다. 그 두 번 중 한 번은 정치권의 물갈이 열풍을 피하기 위한 불출마였고, 나머지 한 번은 국민 기본 소득 개헌 정국에서 던진 정계 은퇴라는 승부수였다. 물론 그는 정계를 떠나지 않았다.

선거에서 패한 적 없는 그였다. 그의 득표율은 시간이 지날수록 올라갔다. 노인 인구가 늘어나는 만큼이었다. 그의 건강에 문제가 생기지 않는다면 앞으로도 선거에서 질 가능성은 없어 보였다. 노인들의 표, 노인이 될 유권자들의 지지만 굳게 쥐고 있으면 될 일이었다. 영권의 소속 상임위가 삼십 년째 노인복지위원회인 것은 우연이 아니었다.

이제는 좀 더 큰 자리에 오르셔야 하는 것 아닙니까?

다섯 번째 국회의원 당선 후 후원인 모임에서 한 지지자가 말했다. 그렇지. 옳소. 이곳저곳에서 찬성의 말들이 쏟아졌다. 영권이 두 손을 들었다. 주위가 조용해지자 영권이 천천히 입을 열었다.

지금 좀 더 큰 자리에 오르는 것은 어려운 일이 아닙니다. 하지만 그 자리에 십 년 이십 년 앉아 있을 수는 없습니다. 오르고 나면 내려와야 합니다. 그 자리까지 올랐던 사람이 다시 국회의원을 할 수는 없지 않습니까? 제 이름이 뭡니까? 영권입니다. 영원한 권력. 지금 높은 자리에 오르면 영원한 권력이 되지 못합니다. 나중에, 언제가 될지는 모르겠지만 맨 마지막에, 이번에 하고 나면 더 이상 못하겠구나, 저세상으로 가겠구나 싶을 때, 그때 높은 자리에 오르겠습니다. 그래야 제가 살아 있는 시간 중 일 분 일 초의 빠짐없이 여러분을 도와드릴 수 있지 않겠습니까? 지금 말씀해주신 그 말들, 마음들. 기억하겠습니다. 그때까지 변치 않으실 것이라 믿습니다. 감사합니다.

그가 말을 하는 중에 여러 사람이 고개를 끄덕였고, 그가 말을 마치자 모두들 일어나 박수를 쳤다. 후원회장인 만식은 끝까지 함께 할 것이라며 영권과 러브샷을 했다. 그런데 만식이 죽다니. 영권은 아쉬웠다. 그리고 슬펐다. 잠깐, 아주 잠깐.

만식은 떠났지만 만식의 돈은 그대로 남았다. 장례식장에서 만식의 유일한 자식, 필립의 얼굴을 보았다. 담담한 표정이었다. 목이 쉬지도 눈두덩이 부어 있지도 않았다. 만식의 아들이 아니었던가. 이 정도에 감정이 흔들릴 집안이 아니지. 필립은 조용한 장례를 원했겠지만 영권은 그럴 수 없었다. 필립 앞에서 강한 분노와 규탄의 말을 쏟아냈다. 후원자들에게 보이는 결기였다. 필립에게 보여주고 싶었다.

명패를 닦은 뒤 안경 닦이 천을 서랍에 다시 넣으며 영권은 아들에게 전화를 했다.

"인호냐? 나다."

전화기 너머로 들리는 배경소리가 시끄러웠다.

"예. 무슨 일이십니까? 여기 노인 회관에 행사가 있어 나와 있습니다. 조금 시끄럽습니다."

영권 대신 지역구 행사에 참석한 모양이었다.

"그렇구나. 수고가 많다. 다른 게 아니고 너 최근에 필립 만난 적 있냐? 최만식 회장의 아들 말이다."

인호가 대답을 했다.

"아니요. 뭐, 특별히 만날 일이 없어서. 딱히 친할 이유도 없고. 아버지와 같이 만날 때 빼고는 따로 만난 적 없습니다. 나이도 저보다 열 살인가 정도 많을 겁니다. 아마."

인호의 말이 잘 들리지 않았다. 영권은 이마를 찌푸렸다.

"그래, 그래. 알겠다. 하여튼, 앞으로는 필립과 연락도 하고 그래라. 아무래도 나보다는 젊은 너와 더 이야기가 잘 통하지 않겠냐. 우리에게 꼭 필요한 집안이다. 알겠지?"

인호와의 통화가 끝난 뒤 영권은 비서관을 불렀다. 따로 말하지 않더라도 중간중간 경찰서에 연락해서 만식의 사건을 확인하라 일렀다. 좀 더 자주 만났어야 해. 영권은 중얼거렸다. 영권과 만식은 일 년에 한두 번씩 자식들을 데리고 골프를 치거나 여행을 가곤 했다. 자식들끼리 친해지라는 의미였지만, 자식들 사이에도 나이 차이가 좀 났다. 그나마 그것도 최근에는 뜸했다. 아이들 데리고 와 봤자 짐만 돼. 만식은 이렇게 말하며 혼자 왔었다. 성별이 달랐으면 결혼이라도 시켰을 텐데. 영권은 딸이 없는 것이 아쉬웠다.

"허 형사, 뭐 진척된 상황 없어? 위에서 자꾸 물어보는데 해줄 말이 없으니 힘드네. 뭐라도 좀 꺼내 봐."

박 팀장의 전화였다. 허 형사는 컵라면 뚜껑에 일지를 올려놓으며 대답했다.

"왜 그렇게 보챈답니까. 좀 진득하게 기다리지 않고. 밑에서는 제대로 먹지도 못하고 일하는데."

허 형사의 짜증 섞인 목소리가 박 팀장의 귀로 흘러 들어갔다.

"그러게. 이제는 보좌관까지 설친다. 뭐 새로 알아낸 것은 없고?"

허 형사는 사무실 벽에 걸린 시계를 보았다. 이 분, 이 분만 기다리면 라면이 익을 터였다. 이 분 안에 전화를 끝내야지.

"피해자 몸에서 사라진 인공 장기에 대해서 조사를 해봤는데요. 혹시나 싶어 생산업체들에 전화를 해서 물어봤는데, 사건이 나기 직전 이식받은 인공 폐를 포함해서 인공 장기에 GPS를 달아 놓거나 하지는 않는답니다."

"그래? 아. 네. 돼지국밥. 그건 이리 주세요."

박 팀장은 식당에 있는 모양이었다.

"그러니까 GPS로 추적을 할 수는 없을 것 같습니다. 대신 다른 방법이 하나 있기는 한데. 그게 말입니다. 이게 좀."

뜸 들이지 말고 말하라며 박 팀장이 재촉을 했다.

"피해자가 이식받은 인공 폐 모델이 개발된 지 얼마 안 된 것이라서 임상 데이터를 보내오게 돼 있답니다. 그러니까 기계가 켜져 있으면 연구소로 신호가 온다는 겁니다. 팀장님, 잠깐만요."

허 형사는 다시 시계를 쳐다보았다. 컵라면 위에 놓여 있던 일지를 들어내고 종이 뚜껑을 열었다.

"그래서 누군가 그 폐를 이식받아서 쓰게 되면 어디에 있는지 추적할 수가 있다는 거지요. 그런데 아직 신호가 오지 않았답니다. 기계가 꺼져 있고 아직 다른 사람에게 이식되지 않았다는 뜻입니다."

"그래? 그래. 수고가 많네. 밥은 챙겨 먹으면서 해, 알았지? 조금 있다 들어가서 보자고."

밥이라도 사주든지. 허 형사는 젓가락으로 라면을 저었다. 일단 라면을 다 먹고 나서 연구소에 직접 가 봐야겠어. 피해자가 죽기 전 보내온 신호들이 있는지, 그 신호가 발생한 지점을 역추적 할 수 있는지 확인해봐야겠어.

하필 이때. 차라리 조금 일찍 죽든지. 총무비서관이 가지고 들어온 다음 달 사무실 지출 품의서를 보며 영권이 중얼거렸다. 이전 같으면 건성으로 넘겨버릴 것들이었다. 오랜만에 눈여겨 살폈다. 양쪽 어깨와 뒷머리가 뻐근했다. 총무 비서관이 나가자 영권은 의자를 뒤로 젖혀 기댔다. 이제는 그 자리에 오를 때가 되었다 생각했는데. 조금 당황스럽군.

영권은 의원 내각제 개헌을 준비하고 있었다. 국민 기본 소득 개헌안을 부결시키고 노인 기본 소득 개헌안을 가결시킨 자신감으로 추진하는 일이었다. 처음 발의된 국민 기본 소득 개헌안은

'모든 국민은 나이와 재산, 성별에 관계없이 국가로부터 기본 소득을 제공받는다.'였다. 그러나 국민 투표에서 부결되었다. '기본 소득에 관한 헌법 개정 반대 운동 본부'라는 단체가 반대 운동을 주도했다. 영권이 그 단체의 대표였다. '국민 모두에게 기본 소득을 주기에는 재원이 충분치 않으며, 모두에게 기본 소득을 줄 경우 사람들이 일하려 하지 않을 것이다.'는 이유였다. 그들은 헌법 개정을 부결시킨 뒤 자신들의 개정안을 발의해서 국민 투표에 부쳤고 가결시켰다. 그들의 개정안은 이랬다. '노인은 재산, 성별에 관계 없이 기본 소득을 국가로부터 제공받는다. 노인에 해당하는 연령의 기준은 이후 법률로 정한다.'

그때 같이 했으면 좋았을 텐데. 아니지. 그때 같이 했으면 노인 기본 소득이 부결되었을 수도 있지. 뭐, 일은 때가 있는 거니까. 하지만 이번에는 반드시 내각제로 바꿔야겠어. 영권은 임기 한 번으로 끝나버리는 대통령제에는 관심이 없었다. 의회를 장악하고 의회에서 선출되는 총리나 수상이 되는 것이 훨씬 매력적이라 생각했다. 적절한 조건만 갖추어진다면 한 번이 아니라 두 번, 세 번 합법적으로 할 수 있는 자리였다. 일본을 봐, 종신인들 못하겠어?

영권은 자신의 정치력과 만식의 자금력이면 충분히 가능한 일이라 생각했다.

'노인 세대의 전폭적인 지지로 당선된 대통령 한 명이 모든 권력을 차지함으로써 노년 세대와 청년 세대 간의 불균형을 조정할 수 있는 기능을 상실했다. 예상되는 인구 구조로 볼 때 앞으로도 대통령은 결국 노년 세대가 선택한 사람이 될 것이다. 그러면 우리는 어떻게 해야 하는가? 바라만 보고 있을 것인가? 청년이 우리의 미래가 아닌가? 청년 세대를 대변할 수 있는 정당을 키우고 의회에 진출시켜야 한다. 그리고 의회에서 모든 것을 결정할 수 있도록 해야 한다. 노인 인구가 아무리 많이 늘어났다 해도 인구의 과반 이상은 청, 장년 세대다. 그들을 위한 정책을 만들 수 없다는 것이 말이 되느냐? 실제 인구 분포와 정치 성향이 반영된 이상적인 의회 제도를 만들자.'

내각제 개헌을 추진하기 위해 만들어낸 논리였다. 보좌관들을 닦달하여 급하게 만든 논리였지만 이 정도면 충분했다. 영권은 반복해서 외우고 또 외웠다. 다른 사람을 설득하기 위해서는 먼저 자신이 설득되어야 한다. 머리에서 마음까지, 입에서 눈까지 일관된 소신처럼 보여야 했다. 모의 토론과 모의 인터뷰를 통해 영권은 자신의 논리로 만들어갔다. 심지어 영권은 이 생각이 애초에 자신이 가졌던 생각이라 착각하기도 했다.

분명히 영구집권의 음모다 뭐다 해서 딴지를 거는 부류, 국민 기본 소득 개헌은 반대해놓고 이제 와 청년 세대를 이야기하느냐? 시비를 거는 부류들이 있을 터였지만 거기에 굳이 대응할 필요는 없다. 정치를 논리로 하는 것은 아니지. 어차피 여론몰이니까. 얼굴 마담으로 쓸 젊은 애들 몇 명을 내세워 청년 정당 하나 만들어 분위기를 띄우고, 인터넷 언론에는 기사 거리 몇 개 던져 주고, 몇몇 종편에서 집중적으로 프로그램을 편성토록 하면 될 일이다.

과거와 현재를 보여주며 이대로 지속된다면 어찌될 것인지, 희망이 사라진 청년 세대가 만들어 낼 암울한 미래는 어떤 모습일지 상상하는 다큐멘터리, 영화, 시사 프로그램을 쏟아내는 것은 어려운 일이 아니다. 이미 수십 년 전부터 만들어온 것들이었다.

사람과 집단의 오류를 제도의 오류로 만드는 것은 어렵지 않지. 영권은 거기다가 한 가지만 더 얹으려 했다.

너희들은 그것조차도 그저 소비해오지 않았느냐? 고개를 끄덕이며 공감하는 것으로 만족하지 않았느냐? 이제는 행동으로 보여라. 이번에는 좀 바꾸자. 이렇게 말할 생각이었다.

"이 모든 것이 대통령제 때문이야."

내각의 맨 꼭대기에는 영권이 앉을 터였다. 어차피 의원들은 공천과 돈이면 다 넘어올 테니까. 반대하는 마지막 한 명까지 데리고 가겠다는 욕심만 버린다면 쉬운 일이었다. 다만 이 모든 것에는 돈이 필요했다. 이 모든 계획은 만식과 그의 친구들이 가진 돈을 염두에 둔 것이었다.

만식에게 아무런 조건 없이 돈을 달라고 할 생각은 아니었다. 만식은 내각제 개헌이라는 영권의 계획에 투자하고 총리가 된 영권은 만식의 재산을 더욱 크게 만들어 주는 순환 고리를 상상했다. 영권은 노인들에게 기본 소득을 제공하는 것 이외에 더욱 많은 혜택을 보장할 생각이었다. 이전부터 국가에서 부담해오던 생활용품, 의료용품, 질환에 대한 의료 서비스뿐만 아니라 추가적으로 인공 장기 이식 등에 대해서도 혜택을 주려 했다. 궁극적으로 당대의 기술이 책임질 수 있는 최대한의 수명을 누릴 수 있도록 인공 장기 이식에 대한 장벽을 낮추거나 없앨 계획이었다. 그 계획을 위해서는 그것을 감당할 국내의 산업을 키우고 발전시킬 필요가 있었다. 그 중심에 만식의 회사를.

만식은 이미 인공 장기를 이식받아 삶을 이어가는 중이었고 만식의 회사 올더앤베러는 노인을 위한, 노인을 가장 잘 이해한다는 굳건한 이미지를 가진 기업이었다.

모든 노인이 자신과 같은 혜택을 받을 수 있게 하겠다, 인공 장기 신사업에 진출하겠다, 협조해달라, 회사의 창업주가 직접 나서 선언하고 내각에 건의한다. 훌륭한 결정이다, 최선을 다해 돕겠다, 내각의 수반이 두 팔 벌려 환영한다. 그것으로 끝날 일이다. 일자리를 만드는 일이며, 미래 먹거리라는 좋은 허울까지. 노인의 수명이 늘어날수록 만식의 신사업뿐만 아니라 기존 사업 또한 번창할 것이었다.

영권은 내각의 수장 자리에 오른 자신과 그 뒤에 일어날 일들을 머릿속으로 그렸다.

이런 것을 선순환이라 하는 거지. 그렇고말고.

이제 와서 의원 내각제 개헌이라는 계획을 미루거나 포기할 수 없다. 다른 곳에서 자금줄을 찾거나 필립과 손을 잡아야 한다. 만식과는 많은 말이 필요하지 않았다. 같이 한 시간만큼 서로 잘 알았다. 영권이 말을 꺼내면 만식은 영권의 말 뒤에 숨겨진 의미를 읽었다. 만식이 영권을 찾아오면 영권은 만식이 필요한 것을 이미 손에 들고 있었다. 각자 맡은 분야가 다를 뿐 공동의 이익을 추구하는 동업자였다. 서류나 공증이 필요하지 않은 운명공동체. 그런데 한 쪽이 비었다. 영권은 필립이 그 자리를 채울 수 있을지 그리고 회사를 장악할 수 있을지 확신이 서지 않았다.

필립을 만나야겠어. 인호에게 맡겨서 될 일이 아니야.

뭔가를 함께 할 수 있는 인물일지, 적당한 거리만 유지하고 새로운 후원자를 찾아야 할지 판단해야 했다. 영권의 계획 속 필립의 위치와 의미에 대한 충분한 이해가 필요했지만 인호는 아직 준비가 되어 있지 않았다.

지역구 노인을 관리하는 것과는 다른 차원의 일이지. 전체적인 흐름을 읽을 줄 알아야 해. 주연급, 조연급 배우들을 컨트롤할 수도 있어야 하고. 인호 녀석은 아직. 어쩌겠어. 녀석의 능력이 거기까지인 것을. 아쉬워한다고 바뀔 것이 아니니. 영권은 아비의 계획을 미리 살피고 준비하지 못하는 인호가 못내 아쉬웠다. 어쩔 수 없는 일이기도 했다.

필립이 함께 일을 도모할 수 있는 인물이라면 내가 직접 나서서 도울 수도 있지. 아니 도와야겠지. 회사 내에서 입지를 다지는 게 쉽지 않을 거야. 나이 어린 사람이 먼저 인사를 하는 것이 예의에 맞겠지만 내가 나서서 손을 내미는 것도 나쁘지는 않지. 새로운 동업자를 맞이하는 거잖아, 젊은 동업자. 이번에는 내가 필립의 명패를 만들어 보낼까?

영권은 명패를 들어 바닥 어딘가 명패 제작업체의 연락처가 있는지 살폈다.

인공 폐 제조 회사의 연구소에 다녀온 허 형사가 박 팀장을 찾았다. 박 팀장은 자리에 없었다. 박 팀장에게 전화를 걸었다.

두 번째 전화, 서너 번 신호가 간 뒤에야 박 팀장이 전화를 받았다.

"팀장님. 지금 어디십니까?"

박 팀장이 낮은 목소리로 대답했다.

"어, 그래. 무슨 일이야. 나 지금 우리 큰애 학부모 모임이라 학교에 와 있어. 중요한 일이면 지금 이야기하고 아니면 나중에 하고."

"네. 조금 중요한 일이라서. 간단하게라도 말씀드리겠습니다. 두 가지입니다. 먼저 부검 결과입니다. 결과가 나왔는데, 이게 영어로 돼 있어서요. 읽어드리기는 좀 그렇고. 사진을 찍어서 문자로 보내드릴게요."

허 형사가 박 팀장의 핸드폰으로 사진을 보냈다.

1. Cause of death is Hypovolemic shock d/t major vessle injury.

2. There is a high level of midazolam in blood sampla

3. There is no other disease, lesion explaining death of victim

4. Not clear extracted margin with tissue injury.

"이게 뭐야. 지금 나보고 번역하라는 거야? 부검을 외국에서 했어? 국과수 걔들은 한 번씩 이상한 짓을 하더라."

박 팀장은 속삭이듯 말했지만 목소리에 짜증이 묻어있었다.

"그게 아니고요. 이게 국과수에서 통보가 온 게 아니고 공식 결과가 나오기 전에 제가 빼내 온 부검 결과지입니다. 빨리 알아냈다고 자랑하려던 건데. 팀장님과 저, 뭐가 안 맞네요. 어쨌거나 해석을 했습니다. 무슨 말이냐면, 혈관에 난 상처로 인해 피를 많이 흘려서 죽었고, 혈액에서 마취제가 다량 발견이 되었고, 사망을 설명할 만한 다른 질병, 병변은 없다. 그리고 마지막은 인공장기를 적출한 부위가 깔끔하지 못하다. 이런 말입니다."

"우리 예상과 크게 다르지 않네. 마지막은 무슨 말이야? 전문적인 솜씨는 아니다. 이 말인가?"

박 팀장의 목소리가 커졌다. 교실 밖으로 나온 모양이었다.

"네. 그런 뜻 같습니다. 그리고 그다음 말씀드릴 것은 인공 폐에 대한 것인데요. 인공 폐 제조 회사 연구소에 다녀왔습니다. 인공 폐의 신호가 기록이 돼 있었습니다. 작동을 멈춘 시점까지 신호를 보내왔더군요. 그런데 그 기록만 가지고는 어디서 신호가 보내졌는지 정확한 위치를 알 수는 없다 하더라고요."

"그러면 뭐 소용없네. 그런데 뭐가 중요한데?"

"그래서 저도 실망하고 돌아서는데 거기 연구원 한 명이 위치는 아니더라도 거리는 알 수 있다고 하는 거예요. 신호의 강도를 가지고 계산하면 대략적인 거리가 나온다고 하더군요."

"그래서?"

"계산을 해봤는데, 거리가 일정하지 않은 거예요"

"무슨 말이야? 아, 답답해. 돌리지 말고 바로 핵심만 이야기해. 너 오늘 왜 이래?"

"아니, 그게 아니고. 흠, 네. 신호의 강도가 점점 약해졌답니다. 한 곳에서 계속 있었던 것이 아니라 이동을 했다는 뜻이고요. 점점 약해지는 것으로 보아 점점 멀어졌고. 신호를 마지막으로 보내온 곳에서 한동안 움직이지 않다가 신호가 꺼졌답니다. 마지막에 신호가 꺼진 그곳이 범행 장소일 가능성이 높은 겁니다."

범행 장소라는 말에 박 팀장의 목소리가 더 커졌다.

"그래? 그래서 범행 장소가 어딘데?"

허 형사가 머뭇거리다 대답을 했다.

"그게 신호의 강도가 거의 일정하게 줄어들었다는 걸 고려한다면, 서울을 기준으로 아래로만 내려갔다고 생각하면, 다른 톨게이트를 통과하지 않았다면, 바다나 북쪽으로 간 것이 아니라면, 거리상으로 보면 진영휴게소 근방이 됩니다. 물론 추정이기는 합니다만."

박 팀장이 말했다.

"무슨 하면, 다면, 면, 면이 그렇게 많아?"

"그래서 추정이라고 한 것 아닙니까? 고속도로 갓길에 차를 세워놓고 범행을 저질렀을 수는 없는 거고, 다른 톨게이트를 지난

흔적이 없고, 아래로만 내려갔다면 경부선을 지나 남해고속도로
인데, 그 거리에서는 진영휴게소 밖에는 없거든요. 휴게소에서야
차 안에서 무엇을 하든 아무도 신경 쓰지 않으니까요. 스토리가
나오지 않습니까? 병원에서부터 다른 차에 태워서 진영까지 가서
범행을 하고 다시 돌아와 피해자 차량에 시체를 가져다 놓은 거
지요. 범행하는 동안 누군가 피해자의 차량을 발견 장소에 가져
다 놓은 거구요. 최소한 공범이 세 명은 되겠네요. 이제 되셨습니
까?"

이번에는 허 형사가 목소리를 높였다. 가만히 앉아 보고만 받
고 있으면서 자신을 탓하는 것 같았다. 허 형사가 목소리를 높이
자 박 팀장의 목소리는 누그러졌다.

"그래, 그렇네. 수고했어."

"아닙니다. 들어오시면 더 자세히 말씀드릴게요."

영권은 총무 비서관을 불렀다. 필립이 언제 회장으로 취임할
예정인지 알아보라 했다.

미리 만나 축하 인사도 하고 명패도 전해주고, 일 이야기도 해
야겠어. 그래, 올해 오십 둘이라고 했지. 적은 나이는 아니군. 그
래도 아직은 어리지. 올더앤베러, 그 큰 덩치를 잘 관리할 수 있

을까? 자기 아버지가 좀 꼼꼼했어야 말이지. 게다가 그 영감 성격상 아들에게 무엇을 미리 내려주었을 리는 없고. 자칫하면 바지회장이 되기 쉽겠는걸.

영권은 총무 비서관에게 만식의 동생과 조카들의 상황, 지분 관계 등에 대해서도 알아보라 일렀다. 자신이 직접 무엇을 할 수는 없지만 흐름에 영향을 줄 수는 있을 것이라 생각했다.

총무 비서관이 들어왔다.

"아직까지는 취임 등에 대한 계획이 없다고 합니다. 당분간 부회장이 회장 대행으로 일을 처리한답니다. 다음 회장을 누가 할지는 아직 알 수 없는데, 후계에 대해서 누구도 말을 꺼내지 말라는 지시가 내려왔다고 합니다. 아들이 그렇게 말했답니다."

만만치 않군. 만만치 않아. 예기치 못한 사건으로 아버지를 잃은 필립이 덥석 회장 자리에 앉는다면 곱게 보지 않을 사람들이 많았다. 노인들의 존경을 받았던 만식이다. 올더앤베러에 대한 노인들의 신뢰가 필립이 회장이 되었을 때에도 여전할지 알 수 없다. 만식의 사업 파트너들 또한 필립을 어떻게 대할지 고민 중일 것이다.

만식의 사업 파트너들은 만식만큼 나이가 많지는 않았지만 대부분 칠십에서 팔십을 오가는 노인들이었다. 그들은 그들 자식들의 경험이 부족하다 여겼다. 회사 경영을 넘겨주기에는 아직 이르다 생각했다. 그런 인식을 그들 내부에 퍼트린 사람은 만식이었다.

만식은 자신의 사업 파트너들에게 건강하게 오래 살아야 한다, 우리 아이들은 아직 사업이란 것을 잘 모른다 말하고는 했었다. 그 말에 고개를 끄덕였던 만식의 사업 파트너들이 이제 필립을 평가할 것이다. 이런 상황에서 필립이 당장 그룹을 장악하기 위해 나서지 않은 것은 현명한 선택이었다. 필립 입장에서는 급하게 진행한다고 이득이 될 것이 없었다. 만식이 숨겨 놓은 유언장이 있는지도 알아보고 있겠지. 만식은 보통 사람이 아니었으니까. 만식 형님의 둘째 아이가 바쁘게 되었군. 영권은 중얼거렸다.

영권이 필립에게 전화를 걸었다.

"안녕하십니까. 의원님."

필립이 전화를 받았다.

"제가 먼저 전화를 드렸어야 하는데 의원님께서 먼저 전화를 주셨습니다. 일전 저의 아버님을 보내드리는 자리에 직접 오셔서 조의를 표해주시고 또 위로해주셔서 감사합니다."

필립은 의례적인 인사말을 했다. 영권은 필립과 예전부터 가까운 사이였던 것처럼 반갑게 대답을 했다.

"아닐세. 누가 먼저 전화를 하든, 그게 중요한가? 우리 사이에.

나는 오히려 내가 괜한 실수를 한 것은 아닌지 걱정을 했다네. 기자들까지 데리고 가서 말이야. 조용히 상을 치르고 싶었을 텐데."

"아닙니다. 실수라니요. 아버님께 대한 의원님의 마음을 느낄 수 있었습니다."

"미안하네. 그날은 무척 화가 나서 그랬어. 자네도 자네 부친과 나 사이를 알지 않는가? 우리는 피만 섞이지 않았을 뿐이지 형제와 다름없다는 것을."

만식은 영권을 동생으로 대한 적 없었다.

사업상 만나는 사람과는 호형호제 하면 안 돼. 사업에 형, 동생 호칭이 끼어들면 그때부터는 사업이 아닌 거지. 세상에 의리가 앞서서 되는 일은 없어. 판단력이 흐려질 뿐이지. 나중에 내가 사업 그만두고, 김 의원이 정치를 그만두고 나면 그때 형, 아우 하자고.

영권은 만식의 말이 떠올랐지만 하고 싶은 대로 말을 했다. 지금 아드님과 저에게 필요한 것은 의리입니다. 형님, 보고 계시죠?

필립이 대답했다.

"생전에 저의 아버님께서는 항상 의원님을 존경하고 의원님 말씀을 경청하라 말씀하셨습니다. 아버님이 멀리 가시고 나니 이제야 제가 무엇이 부족한지 보이는 것 같습니다. 앞으로 많은 말씀과 가르침을 구하겠습니다. 잘 부탁드립니다."

"당연한 말씀을, 조카님이. 내가 어찌 조카님을 외면할 수 있겠나. 언제든 상의할 것이 있으면 말씀 주시게. 내가 열 일 제쳐두고 조카님을 먼저 만날 걸세.

"아닙니다. 그것이 어찌 당연한 말씀이겠습니까. 번거로운 부탁이지요. 흔쾌히 승낙해주시니 감사할 따름입니다. 저 또한 작은아버님이다 생각하고 모시겠습니다. 그런데 의원님, 아니 작은아버님. 전화하신 다른 이유라도?"

"아, 그래서 말이야. 다른 것이 아니고. 조카님과 차라도 한잔하면서 이야기를 나눌까 했지. 회사를 어떻게 이끌어갈지에 대해 조카님이 궁금한 것도 있을 것 같고, 또 내가 도와줄 수 있는 일이 있는지, 있다면 무언지도 궁금하고. 아버님 생전에 아버님과 내가 추진하던 일에 대해서도."

필립이 자신을 작은아버지라 부르자 영권은 굳이 만남을 미룰 필요가 없었다. 빠른 시일 내에 필립과 이야기를 마무리 짓겠다 마음먹었다. 필립에게는 올더앤베러를 장악할 힘을, 필립으로부터는 만식이 약속했던 지원을 주고받아야겠다고 생각했다.

"아. 네. 작은아버님이 만나자 하시면 당연히 가야지요. 아무런 이유가 없어도. 그저 얼굴만 보고 싶다 하셔도. 하하. 하지만 작은아버님, 제가 작은아버님을 뵈러 가면서 빈손으로 갈 수는 없지 않습니까. 아버님이 돌아가신 이후로 시간이 얼마 지나지 않았습니다. 제가 파악하지 못한 것들이 아직 남아 있습니다. 시간을 조금만 더 주실 수 있으신지요. 제가 무엇을 들고 찾아뵐지, 또 무엇을 도와주십사 말씀드릴지 준비를 한 다음 작은아버님을 찾아뵐까 합니다. 괜찮으시겠습니까?"

말귀를 알아듣는 아이였다. 영권이 대답했다.

"그럼, 그럼. 조카님 편하신 시간에 연락 주시게. 기다리겠네."

"아니. 이걸 다 뒤져보자고요?"

엉덩이로 의자를 뒤로 밀며 허 형사가 박 팀장에게 물었다. 뒤쪽에 있던 다른 의자에 의자가 부딪혔다. 박 팀장이 의자를 끌고 오며 말했다.

"뭘 그렇게 놀라. 안 그러면 어쩌자고. 다 뒤져 봐야지. 범행 장소가 진영 휴게소라며. 그러면 그 안에 뭐가 있을 거잖아. 범행 당일 전후로 CCTV를 살피는 것은 당연한 일일 것이고, 들어왔다 나갔다 한 차들을 모두 추적해 봐야지."

허 형사는 목에 걸고 있던 신분증을 벗어 책상위에 놓았다.

"저는 못합니다. 진영 휴게소 하루 방문 차량이 몇 대인지 아십니까? 자그마치 칠만 대입니다. 그걸 다 쫓아다니라고요?"

허 형사가 벗어 놓은 신분증을 박 팀장이 들어 올렸다. 허 형사의 목에 걸어주며 말했다.

"허 형사. 너는 왜 심심하면 신분증을 벗어제끼냐? 이건 막 벗으면 안 되는 거야. 우리 일이 이런 거지 뭐. 우리가 인공지능이야? 그냥 보면 범인이 보여? 무식하게 하나하나 구석구석 뒤지고, 아니다 싶으면 빼고, 이상하다 싶으면 다시 넣고. 지금까지 그렇게 해왔잖아. 허 형사 너 말고 한 명 더 남겨놓을 테니까 같이 해."

담배 한 개비를 입에 물고 일어서려던 허 형사가 다시 자리에 앉았다. 입에 물었던 담배를 분질렀다.

"저 말고 한 명 더 남겨놓다니요? 지금 있는 네 명으로도 될까 말까 하는 일인데. 그걸 또 빼 갑니까?"

박 팀장은 담뱃갑에서 담배 한 개비를 꺼냈다. 허 형사의 입에 물려주었다.

"빨리 해결하라고 안 할게. 천천히 해. 급할 것 없어. 위에서도 처음에는 재촉하더니 이제는 말이 없네. 김영권인가? 그 국회의원의 보좌관만 가끔 진척 상황을 물어오지, 다른 사람들은 잊은 지 오래야. 친아들도 별말 없어. 범인을 잡는다고 바뀔 게 없다는 걸 아는 모양이지. 아니면 재산 물려받느라 바쁘거나. 하여튼 멈추지만 말고 천천히 해. 정시 출근, 정시 퇴근 지켜가면서. 스트레스 받지 말고. 인공 장기 사건의 전문가가 되겠다, 그렇게 생각하면서 공부도 좀 하고. 범행 장소를 진영휴게소로 좁혀 놓은 것만 해도 벌써 반은 전문가가 된 것 같은데. 이제는 우리 서 내에서 허 형사만큼 인공 장기에 대해 아는 사람은 없을 걸?"

인공 장기 사건의 전문가, 라는 말에 허 형사는 인상을 찌푸렸다. 마음에 들지 않았다. 천천히 하라는 말만 머리에 담았다. 박 팀장이 물려준 담배를 그대로 물고 밖으로 나가며 대답했다.

"정말이지요? 나중에 딴말하기 없습니다. 놀지는 않겠지만, 열심히 하지도 않을 겁니다."

"알았다니까. 담배 한 대 피고 점심이나 먹으러 가자. 내가 살게. 그런데 인공 장기 관련 브로커들도 한 번 만나봐야 하는 거 아니야? 떼어낸 장기들하고 전혀 연관이 없지는 않을 것 같은데. 조사해보면 뭐 좀 나올 것 같지 않아?"

박 팀장이 허 형사의 뒤를 따라 나가며 말했다.

4. 마이걸

"인공 폐 이식 수술을 받겠다."

만식이 필립에게 통보하던 날 그 자리에 안나가 있었다. 필립은 인공 폐 이식 수술을 반대했다.

"어떻게 그런 문제를 상의가 아니라 통보를 하는 것입니까?"

필립의 목소리가 컸다.

"그 연세에 마취와 수술을 견딜 수 있을지, 수술하다가 무슨 일이 일어날지 모르는 것 아닙니까?"

"아직은 견딜 수 있으니 걱정할 필요 없다."

"지금 있는 폐로도 충분히 숨 쉴 수 있으신 것 아닙니까? 암에 걸린 것도 아니고 왜 멀쩡한 장기를 인공 장기로 바꾸려 하시는 것인지, 이해할 수 없습니다. 도대체 얼마나……."

필립이 말을 덧붙였을 때 만식은 필립의 얼굴을 뚫어져라 쳐다보았다.

"제 말씀은 다른 뜻이 아닙니다."

필립이 설명을 하려 했지만 만식이 말을 끊었다.

"나가라. 여기서. 지금. 당장."

필립은 방을 나갔다. 만식은 손을 더듬어 손에 잡히는 무언가를 방문 쪽으로 집어던졌다. 핸드폰이었다. 소파에 앉아 잠시 숨을 고른 만식은 곁에 서 있던 안나의 손을 잡아끌었다. 소파의 팔걸이에 걸터앉은 안나의 배를 쓰다듬다 안나의 허리에 머리를 기댔다.

"우리 아기가 많이 놀랐겠구나. 미안하구나."

안나가 만식의 아이를 가진 것은 인공 장기들 덕분이었다. 그것들이 있어 만식은 안나를 만났고 안나와 함께할 수 있었다.

또한 그것들은 안나 뱃속 아기의 탄탄한 인생을 보장해줄 것들이었다. 오십이 넘은 아들을 쫓아내고 아들의 머리 뒤로 핸드폰을 집어던질 수 있는 팔십 노인의 기세는 뱃속 아이가 태어나고 자라나 스스로 자리를 잡을 수 있을 때까지 지속되어야 했다.

"앞으로 삼사십 년은 더 살아야지. 우리 막내가 결혼할 때까지는 살아 있어야지. 인공 폐까지 달면 가능할 게야."

만식은 안나를 옆자리로 오게 했다. 오른손으로 안나의 머리 뒤 팔베개를 하고 왼손으로는 안나의 잠옷 상의의 단추를 풀며 안나의 귀에 속삭였다.

안나가 가진 것 중 제일 좋은 것은 몸이었다. 균형 잡힌 몸매와 탄탄한 근육, 필요한 곳에 자리 잡은 적당한 양의 지방조직들. 아비와 어미가 안나에게 내려준 유일한 우성의 것들이었다. 안나는 몸을 보여주는 것을 부끄러워하지 않았다. 남학생들과 오빠의 친구들로부터 제법 많은 구애를 받기도 했고, 그들 중 일부와는 사랑 비슷한 것을 해보기도 했지만 안나는 그중 누구와도 미래를 약속하지 않았다. 치기로 가득한 고백과 맹세들은 안나가 보기에는 너무 싼 것들이었다.

또래의 남자들이 안나의 미래를 위해 해줄 수 있는 것은 없었다. 안나가 벌어올 수 있는 약간의 돈과 몸을 원할 뿐이었다.

혼자 살아도 나쁘지 않을 것 같아. 찌질한 인생 둘이 모인다고 더 나아지는 건 아니니까. 서로 원망이나 하겠지. 부둥켜안을수록 상처가 깊어지는 것, 난 싫어.

안나는 툭툭 던지듯 말하곤 했다.

안나는 헬스트레이너였다. 상류층을 대상으로 하는 스포츠센터

소속으로 일하던 중 만식의 집으로 출장을 갔다. 만식을 담당하던 트레이너가 교통사고로 자리를 비웠을 때였다. 트레이닝을 받은 지 두 달이 되었을 때 만식이 안나에게 제안을 했다.

스포츠센터 그만두고 내 개인 트레이너가 되는 게 어때? 원한다면 지낼 방도 마련해주지.

충분한 급여와 기대 이상의 자유 시간, 조건이 나쁘지 않았다.

안나는 만식의 개인 트레이너가 되었다. 그래도 남잔데, 한 번 더 생각해봐. 안나의 어미가 말했었다. 아빠보다 더 나이 든 할아버지니 걱정 마. 안나는 여행 가방에 속옷을 넣으며 대답했다. 아들이 하나 있다는데 같이 사는 것은 아니니 그것도 걱정할 것은 아니라 했다.

사귀던 남자가 반대했다. 안나는 그 남자와 헤어졌다. 자신을 믿지 못한다는 이유였다. 만식의 집으로 짐을 옮기던 날 안나는 자신을 위해 준비된 방에서 만식이 직접 골랐다는 침대에 앉았다.

차라리 잘 되었어. 헤어질 이유가 필요했어. 엉덩이로 매트리스의 쿠션을 확인하며 혼잣말을 했다.

만식은 늙었지만 수컷이었다. 규칙적인 트레이닝과 의료진의 정기적인 관리 그리고 인공 장기들이 늙은 수컷의 건강을 지키고 있었다. 트레이닝 중 만식의 옆구리에 안나의 손이 스쳤을 때, 안나의 가슴이 만식의 등에 닿았을 때, 안나가 허리를 숙여 시범이라도 보일 때면 만식의 몸은 뻣뻣해졌고 얼굴은 붉어졌다. 잠시 동안은 숨을 쉴 수 없었고 어지러웠다. 인공 심장만이 아무 일 없는 듯 규칙적으로 뛰었다.

저 나이에도? 안나는 놀랐다. 그리고 궁금했다. 일부러 몸을 대어보기도 했고 몸매가 드러나는 운동복을 입고 만식의 눈앞에서 이리저리 몸을 흔들었다. 만식은 엉거주춤한 자세로 주저앉거나 몸을 돌려 허공을 보면서도 힐끔거렸다. 안나는 만식의 반응이 재미있었다. 안나와 만식의 운동 시간은 놀이 시간이 되었고 놀이는 둘 사이를 친근하게 만들었다. 둘은 나이를 잊었다.

건강과 재산을 가진 수컷이 다음으로 관심을 가질 것은 뻔했다. 권력, 그리고 암컷. 젊은 암컷를 두고 젊은 수컷과 늙은 수컷이 경쟁하기 시작했다. 육체적으로 밀리지 않고 충분한 부를 가진 늙음은 늙음이 아니었다. 젊기만 한 것은 젊음 이외에 아무 의미가 없었다.

젊은 암컷의 입장에서는 둘 사이를 견줄 만했다. 암컷에게 수컷의 건강함이란 자신과 자식들을 잘 보살필 수 있는가의 문제이기도 했다. 가죽 재킷을 입은 백발의 노인이 빨간 오픈카의 운전석에 앉아 경적을 울리고, 길을 걷던 젊은 남자가 놀라 몸을 피하고, 운전석 옆자리의 젊은 여자가 젊은 남자를 아래위로 훑어보며 입꼬리를 올리는 장면은 텔레비전 광고 속에만 있는 것이 아니었다.

안나도 그랬다. 미래를 알 수 없는 젊은 남자와 사귀며 그의 집에서 지내는 것보다 전 부인과 사별한 돈 많은 늙은 남자와 사귀며 그의 집에서 지내는 것이 더 나아 보였다. 안나는 만식과 함께하는 잠자리가 부끄럽지 않았다. 서로 주고받은 감정에서 우러난 자연스러운 것이라 여겼다. 상대가 젊은 남자가 아니라는 것? 그게 어때서? 그뿐이었다. 사람들은 안나와 같은 여자를 마이걸이라 불렀다.

안나는 가끔 스스로에게 물었다. 사랑은? 사랑? 사랑이야 언제든. 나는 아직 젊잖아. 대답에 망설임은 없었다.

만식은 안나가 임신했다는 사실을 알게 된 다음 날 필립에게 안나를 소개했다.

"내 아이를 가졌다. 너의 동생인 셈이지. 새엄마라 부르라 하지 않겠다. 하지만 네 아버지의 여자고 네 동생의 엄마다. 기본적인 예의는 갖추어주었으면 좋겠다."

안나는 만식의 곁에 붙어 앉은 채 필립을 보았다.

"그 헬스트레이너?"

필립이 물었다.

"그렇게 되었다."

만식은 낮은 목소리로 말했다.

"애들 엄마에게서 여자 트레이너가 상주한다는 이야기를 듣기는 했습니다만 이런 것도 하시는 줄은 몰랐네요. 그게 가능하다니. 아버지도 대단하십니다. 옆에 계신 분도 대단하시고. 아들 불러 자랑하실 만하네요. 요즘 말하는 마이걸, 뭐 그런 겁니까? 아이고, 부러워라. 부럽습니다, 진정."

"그런 것이 아니다. 비꼬지 말거라."

만식의 곁에 꼭 붙어 앉아있던 안나가 자리를 고쳐 앉았다.

"축하한다는 이야기를 듣고 싶어 부르셨습니까? 손녀 보기 부끄럽지 않으십니까? 하긴, 잘 되었네요. 언젠가 아버지 손녀가 삼촌이든 고모든 하나 있으면 좋을 텐데 하고 아쉬워한 적 있었거든요. 아버지의 손녀에게 꼭 전해드리겠습니다. 삼촌이 될지 고모가 될지 알 수 없지만 할아버지가 널 위해 선물 하나 만드셨다고. 너하고 나이가 비슷한 할머니도 한 분 생겼다고."

의자의 손잡이를 딛고 일어서려는 만식의 손을 안나가 잡았다. 안나가 필립에게 말했다.

"우리 둘 다 이런 일이 일어날 줄 몰랐어요. 이이에게 너무 뭐라 하지 마세요."

만식이 안나의 손등을 토닥였다.

"우리? 이이? 허, 참. 저는 갑니다. 알아서들 하시고. 그런데 아가씨, 뱃속의 아기가 저의 동생이라는 것은 확실한 겁니까?"

안나는 필립의 말에 화를 내지 않았다. 만식의 손을 자신의 배에 가져다 대며 빙긋이 웃었다.

"누구든 상상할 수 있는 일이지요. 하지만 그걸 증명하겠다며 나서고 싶지는 않아요. 제 뱃속의 아기는 우리가 함께 만들어낸 생명이 분명하니까요."

손끝으로 만식의 눈가 주름 결을 어루만지며 안나가 덧붙였다.

"아이의 아빠가 누구인지, 아이의 엄마는 알아요."

만식의 며느리가 다른 친지들과 함께 찾아와 무슨 말이든, 무슨 짓이든 할 것이라 생각했지만 그런 일은 벌어지지 않았다. 필립도 그날 이후 안나의 임신에 대해 더 이상 말하지 않았다. 안나는 만식의 힘이라 여겼다. 안나는 뱃속의 아이에게 '증거'라는 태명을 붙였다. 만식이 무슨 증거냐 물었다. 안나는 배를 내려 보며 대답했다.

"우리의 사랑, 당신의 건강, 그리고 당신이 가진 힘."

당신이라, 사랑이라, 나쁘지 않군. 만식은 안나의 볼을 쓰다듬었다.

인공 폐 이식을 받겠다 만식이 필립에게 통보하고 문을 나서는 필립에게 핸드폰을 던진 그날로부터 한 달이 지났을 즈음 안나와 필립이 만났다. 필립이 먼저 안나에게 연락을 했다. 안나는 그가 무슨 말을 하려는지 궁금하지 않았다. 뭐라 이야기하든 흘려들을 거야, 마음먹었다. 만식은 강했고, 만식 앞에서 필립은 둘째 아들에 불과했다. 필립이 안나에게 무엇을 이야기하든 그것은 단순한 협박일 뿐이었다. 이루어질 수 없는 것들이었다.

필립이 먼저 와 기다리고 있었다. 안나는 마주 앉은 필립의 눈가에서 깊은 주름을 보았다. 그도 늙는 중이었다.

많이 닮았네. 늙는 것까지. 하긴, 그의 아들이니까. 내 뱃속의 아이도 그렇겠지. 그래야 해. 아니, 똑같아야 해.

"일전에는 제가 말이 좀 지나쳤습니다. 죄송합니다. 아가씨에게 화가 난 것이 아니었습니다. 아버지에게 화가 나기도 했고, 섭섭하기도 했던 거지요."

부드러웠다. 만식의 목소리가 단호함이 배어 있는 저음이라면 필립의 목소리는 완곡함, 이해, 배려 이런 것들이 섞여 있는 저음이었다.

"아니에요. 충분히 그러실 수 있지요. 제게도 많이 화나셨을 거예요. 저라도 그랬을 걸요."

안나는 필립이 안쓰럽기도 했다. 만식의 옆에서 보고 들은 상황으로 짐작할 수 있었다. 보고를 하거나 결재를 받기 위해 만식의 집으로 찾아온 직원이 간혹 필립의 의견을 전하거나 필립이 이렇게 지시했다 이야기하면 만식은 크게 화를 냈다. 이 회사가 누구 것인데 그 녀석의 의견을 묻느냐? 내가 그 녀석에게 지시할 권한을 주었느냐? 너는 누구의 직원이냐? 대답 한마디 하지 못한 직원은 만식의 서재 한구석에서 진땀을 흘리다 돌아갔다. 만식이 먼저 물어보지 않는 한, 경영에 관한 필립의 의견을 만식에게 전하지 않는 것이 올더앤베러의 불문율이었다.

"동생은 잘 크고 있지요?"

필립이 안나 뱃속의 아이를 동생이라 불렀다. 안나는 필립의 호의에 고맙기도 했지만 필립의 태도가 바뀐 것이 의아했다.

"이렇게 갑자기 바뀌신 이유가?"

필립이 찻잔을 들어 한 모금 마신 뒤 테이블에 찻잔을 내려놓았다. 쿵쿵 소리를 내며 잔을 내려놓는 만식과 달리 필립이 잔을 내려놓을 때는 아무 소리도 나지 않았다.

"안나. 이름이 안나 맞지요? 이게 뭐 안나 씨 잘못이겠습니까? 뱃속의 아이가 잘못이겠습니까? 잘못이라 할 것 없지요. 그럴 수 있는 세상이니까. 그저 내 입장에서 좀 답답한 일이기는 하지요. 그렇다고 화를 낼 정도는 아닙니다. 왕조 시대도 아니고, 세자 자리를 두고 싸우는 것도 아니니. 하긴 세자 자리라 해도 별 볼일 없는 자리니 탐낼 일도 아니지만. 이번 일로 우리 아버지가 얼마나 건강한지 확인도 했고. 허허. 우리 아버지 정말 대단하지요?"

필립은 아랫배를 쓰다듬으며 소리 내 웃었다. 안나는 빙긋이 미소만 지었다. 필립이 차 말고 다른 것도 드시라 권했고 안나는 치즈 케이크 한 조각을 주문했다. 안나는 스푼으로 케이크 모서리를 떠서 입으로 가져갔다. 필립이 물었다.

"우리 아버지, 사랑합니까? 지금 안나 씨 이러는 것 사랑입니까?"

안나는 스푼을 내려놓은 뒤 필립을 바라보았다. 되물었다.

"무슨 뜻으로 물으시는 건지?"

"무슨 뜻이 있는 것은 아닙니다. 말 그대로 궁금해서요. 삼십 대 초반 젊은 여자와 팔십 대 후반 늙은 남자의 뜨거운 사랑인 건지. 아니면……."

처음 받아 본 질문은 아니었다. 만식의 마이걸이 되면서부터 주위의 사람들로부터 익히 들어온 질문이었다. 만식의 아이를 가지자 사라진 질문이기도 했다.

"아니면 뭐요?"

눈썹 사이를 찡그리며 안나가 물었다. 치즈의 비린 맛 때문이었다.

"솔직한 안나 씨의 감정을 알고 싶어서 그렇습니다. 물론 엄마로서의 감정, 뱃속 아이를 사랑하고 지켜주고 싶은 마음은 당연한 것이겠지만, 아버지에 대한 감정은 다를 수 있으니까요. 아버지를 사랑해서 곁에 있고 아이를 가진 건지 아니면 편안한 인생을 위해서 선택한 길인지. 아, 그렇다 하더라도 안나 씨를 비난할 생각은 없습니다. 그렇게 사는 것도 인생이지요. 그리고 여기서 안나 씨가 어떻게 대답하시더라도 아버지에게 말씀드리지는 않을 것입니다. 걱정하지 마시구요. 진정한 사랑이라 대답하시면 당연히 전해드리지요. 내키지 않으시면 대답 안 하셔도 됩니다."

안나는 사랑이라 생각하지 않았다. 우리의 사랑이라 말하기도 했지만 그것은 어디까지나 분위기를 맞추기 위해, 만식의 기분을 고려한 것이었다. 만식도 알고 있겠지. 그렇다고 미워하거나, 일부러 말을 꺼내 '나는 당신을 사랑하지 않아요'라 할 수 있는 감정도 아니었다. 그것을 사랑이라 말할 수 없을 뿐이었다. 만식은 안나에게서 안나는 만식에게서 서로 필요한 것을 얻었다.

"짓궂으시네요. 이 상황에서 대답 안 하면 사랑하지 않는 게 되잖아요. 우리 아이의 아빠고, 저를 엄마로 만들어주신 분이에요. 제게는 소중한 분이십니다. 저는 그분의 아이를 가졌어요."

필립이 웃었다. 안나는 웃음이 무슨 의미인지 알고 싶었지만 묻지 않았다. 사랑 따위에 대한 대화를 끝내고 싶었다.

"말씀을 들어보니 아버지가 안나 씨를 사랑하는 것은 맞나 보네요. 내 아이를 낳아도. 뭐, 이런 것 아닙니까? 하하. 농담입니다. 결혼식은? 혼인 신고는 어떻게 하신답니까?"

결혼식? 혼인 신고? 이게 궁금했던 건가? 만식이 결혼식이나 혼인 신고에 대해서 이야기한 적 없었다. 안나도 마찬가지.

"아마도 이야기 꺼내지 않으셨을 겁니다. 아버지의 아이를 가지는 것과 아버지의 부인이 되는 것은 다른 문제지요. 그 문제에 대해서만은 아버지도 생각이 많을 겁니다. 얽혀 있는 사람들의 생각과 입장을 고려하지 않을 수 없지요. 사실 지난번 인공 폐이식을 할 것이라고 제게 말씀하셨던 그 다음날 아버지를 만났습니다. 아버지께서 부르셨지요. 그 자리에서 아버지께서 제게 약속을 하셨습니다. '이 젊은 여자를 너의 새엄마로 삼지는 않을 것이다. 결혼식은 물론이고 혼인 신고도 하지 않을 것이다. 이 젊은 여자가 언제까지 내 곁에 있을지, 내가 언제까지 그 여자를 내 곁에 둘지 알 수 없지 않느냐. 하지만 뱃속의 아이는 다르다. 그 아이는 나의 아이이며 너의 동생이다. 그러니 더 이상 이 문제로 시끄러운 상황이 벌어지지 않았으면 좋겠다.' 이렇게 말씀하셨습니다. 그리고 오해하실까봐 말씀드리는 건데 아버지께서 하신 약속은 제가 요구한 것 아닙니다. 저는 아무 말도 하지 않았습니다. 아버지께서 먼저 꺼내신 약속입니다."

치즈의 비린 맛이 속에서 입으로 올라왔다. 안나는 휴지를 들어 침을 뱉어내었고 입술을 닦았다. 만식으로부터 들은 적 없는 이야기였다. 안나는 만식이 자신을 무척 아낀다 생각했었다.

아니었나?

안나는 자신을 바라보던 만식의 눈길을 떠올렸다.

아이를 가지지 않았다면 다른 삶을 선택할 수 있겠지만, 돌이킬 수 없고 그러고 싶지도 않았다. 아이가 태어나면 아이의 엄마로 살아야 한다. 안나는 뱃속의 아이를 아빠 없는 아이로 키우고 싶지 않았다. 구십 살이 다 되어가는 아빠일지라도.

"그렇군요. 그런 일이 있었군요. 잘 알겠습니다."

치즈 케이크를 더 드시라, 필립이 권했다.

"맛이 비려요."

안나는 케이크가 담긴 접시를 옆으로 밀었다.

한동안 둘은 아무런 말없이 앉아 있었다. 근처 다른 자리의 사람들이 둘을 보며 작은 목소리로 수근댈 즈음 안나가 입을 열었다.

"계속 배를 만지시던데 어디 안 좋으신가요? 화장실에라도 다녀오시지."

아랫배에 손을 올리고 있던 필립이 놀란 듯 자리를 고쳐 앉았다.

"아, 아닙니다. 딱히 손을 둘 곳이 없어서요. 그런데, 안나씨."

"네?"

"제가 이런 이야기를 했다고 아버지께 말씀드리지 않았으면 합니다. 저는 단지 안나 씨에게 스스로의 인생을 생각할 기회를 주고 싶었습니다. 선의로. 그리고 남자 형제가 한 명 있던데. 이름이 '노마'던가요?"

안나는 필립이 오빠의 이름을 알고 있다는 것에 놀라지 않았다. 뒷조사를 했을 수도 있고. 그랬다 하더라도 따질 일은 아니었다. 게다가 다른 생각을 할 여유가 없었다. 만식이 필립에게 했다는 이야기가 머릿속을 맴돌았다.

"네. 하나 있는 오빠지요. 로봇 관리사예요. 지금은 보잘 것 없어도 학교 다닐 때는 제법 수재 소리를 들었어요. 몇몇 공모전에 나가서 상도 탔구요."

"아. 네. 그렇더군요. 사이보그와 인간형 로봇이 주 전공이었더군요. 공부도 꽤 했던데. 요즘 젊은 사람들 삶이 다 그렇지요."

5. 올림퍼스의 노예들

지난밤 안나가 울었다. 왜 그러냐. 노마가 다그쳤지만 대답을 하지 않았다. 한참 동안 흐느끼다 입을 열었다. 오빠, 밤늦게 미안해. 그러고는 전화를 끊었다.

아침, 노마는 안나에게 전화를 걸었다. 얼굴 좀 보자, 오랜만에.

카페 소파에 등을 기대고 앉아있는 안나의 배가 제법 불러 보였다. 저것이, 뭐가 아쉬워서. 노마는 안나의 선택에 동의할 수 없었지만 그렇다고 노마가 할 수 있는 것도 없었다. 안나 뱃속에는 이미 늙은이의 아이가 자라고 있었고 그 아이는 안나가 원한 아이이기도 했다. 노마가 테이블 맞은편 의자에 엉덩이를 걸치자 안나는 허리를 세워 앉았다.

"왔어? 오빠, 오랜만이네."

노마는 손을 내저었다.

"아니야. 그대로 기대고 있어. 우리 사이에 무슨 예의야. 네 몸 편한 대로 앉아 있어. 몸은 좀 어때? 아이는 잘 크고 있대? 먹고 싶은 것은 없어? 입덧은 안 하고?"

"그렇게 많은 걸 한꺼번에 물으면 어떻게 대답해."

안나는 등 뒤로 쿠션 두 개를 받치고 다시 기대며 말했다.

"그런가? 뭐, 대답은 한꺼번에 하지 않아도 돼."

노마는 테이블 위에 놓여 있던 육아 도서를 집어 들었다. 엄지손가락으로 책 모서리를 훑었다. 한 장 한 장 넘어가는 종이의 부드러운 감촉이 손가락 끝으로 전해졌다.

"몸은, 음, 좋지 않지. 무거워. 우리 엄마는 어떻게 두 번이나 애를 낳을 생각을 했을까? 한 번도 이렇게 힘든데. 쌍둥이가 아니라서 천만다행이지 뭐야. 쌍둥이 가진 임산부들 정말 존경해야 해. 아기는 잘 자라고 있대. 그런데 뭔지 말을 안 해주네. 딸이든 아들이든 상관없지만. 그래도 궁금한 건 궁금한 건데. 먹고 싶은 거? 정말 많지. 많은데, 그 많은 것들 다 먹고 있으니 걱정하지 않아도 돼. 무슨 말인지 알겠지? 입덧도 없다는 말이지. 나, 다 대답한 것 맞지?"

"그 늙은이가 잘해주는 거지? 네가 말하는 것을 보니 잘해주나

보네."

"돈의 힘이지. 이것 봐라. 나 반지 받았다. 이거 다이아다. 요 며칠 내가 우울해 보였나 봐. 그 사람이 사줬다."

안나는 노마 쪽으로 왼손을 내밀어 흔들었다. 새끼손가락에 끼워진 반지가 카페 조명을 받아 반짝거렸다. 상상했던 것보다 안나는 훨씬 더 밝아 보였다. 괜한 걱정을 했나?

"그 사람? 그 사람이라. 돈이 좋기는 좋네. 다이아만 사는 게 아니라 네 맘도 샀네. 그건 그렇고 이게 뭐야? 이렇게 밝아도 되는 거야? 엊저녁에는 사람을 그렇게 걱정시키더니. 지금 이 모습, 조울증이야? 아이를 가지면 마음이 왔다 갔다 한다더니. 그런 거야? 전화 받은 누구는 뜬 눈으로 밤을 새웠는데 전화 한 누구는 마음 편하게 푹 잔 얼굴이네. 울상을 보는 것보다는 낫지만, 이러면 오빠가 허탈하잖아."

안나는 입을 삐죽 내밀었다. 왼손을 접어 거둬들이며 말했다.

"동생이 오빠 붙잡고 좀 울었기로서니 그걸 조울증이라 그러냐? 그러면 내가 누구 붙잡고 울까? 엄마? 아빠? 가당키나 해?"

노마는 대답할 말을 찾지 못했다. 고개를 끄덕이다 툭 하고 내뱉었다.

"하긴."

안나가 만식의 마이걸이 되었다는 것을 알게 된 날, 안나의 아비는 한동안 말을 하지 않았다. 집안을 서성이다 밖으로 나갔다. 안나의 어미는 이불을 깔고 돌아누웠다. 안나가 엄마, 하고 불렀지만 대답하지 않았다. 아이고, 아이고. 들릴 듯 말 듯 신음 소리만 방 안을 채웠다.

그날 저녁 무렵 밖으로 나갔던 안나의 아비가 돌아왔다.

"저녁 안 먹을 거야? 모처럼 애들도 다 있는데."

"당신은 지금 밥 생각이 나요?"

안나의 어미가 누운 채 고개를 돌려 아비를 보았다.

"이미 벌어진 일인 것을. 우리가 이런다고 달라지는 것도 아니고. 일단 밥이라도 먹으면서 이야기합시다. 듣기도 하고."

아비는 어미의 어깨를 잡아 일으켜 앉혔다. 어미는 주방으로 가 저녁을 준비했다. 안나가 어미를 도우려 주방에 들어갔다. 말 없는 어미 옆에서 멋쩍게 서 있다 싱크대 옆 수저통에서 수저를 꺼내 짝을 맞췄다. 밥통에서 밥을 퍼 그릇에 담던 어미가 갑자기 밥주걱으로 안나의 손등을 쳤다.

"손 대지 마. 이년아. 저리 가. 오늘 저녁이 이 집에서 먹는 마지막 밥인 줄 알아."

안나는 오른손 손등이 부어 수저를 쥘 수 없었다. 왼손으로 숟가락을 들어 밥을 먹었다. 손은 왜 그래? 아비가 물었지만 안나는 아무 말 하지 않았다. 노마는 밥그릇과 싸움이라도 하듯 씩씩거리며 밥을 퍼 먹었고 어미는 밥이 목구멍을 넘어가지 않는다며 물을 부어 말아 먹었다. 저녁 식사가 끝나갈 무렵 아비가 물었다.

"최만식이라고 했나?"

"네."

"우리가 아는 올더앤베러 회장 최만식이 맞나?"

"네, 맞아요."

"부자지?"

"네?"

마주보기 싫어 고개를 숙이거나 핸드폰을 뒤적이던 노마와 어미, 그리고 안나까지 아비를 보았다.

"나이가 좀 많기는 하지만 나쁜 일을 해서 돈을 번 사람은 아니라 들었다."

"그게 좀 많은 나이예요?"

어미가 끼어들었지만 아비는 말을 이었다.

"우리 같은 노인들을 위해 물건을 만든다 하더라. 아마 좀 전까지 당신이 깔고 누워 있던 찜질패드도 그 회사에서 만든 것이지 싶은데. 늙은 것이 죄는 아니지. 아무렴, 절대. 부인과는 사별했고 지금은 혼자고. 아들이 하나 있기는 한데 회사나 집안에서 힘을 쓰지는 못한다네.. 최 회장이 좀처럼 일을 내려주지 않는다 하더라고. 게다가 최 회장이 그렇게 건강하단다. 건강 하나는 타고 났다는데, 사람들 말로는."

"당신이 그런 것을 어떻게 알아요?"

어미가 물었다.

"사람들에게 물어봤지. 예전에 같이 동업하던 박 사장, 채 사장, 김 실장한테. 그 사람들은 아직 현직에 있으니까 아는 게 있을 것 같아서. 들어보니 최 회장이 나하고 동업을 할 뻔한 적이 있었더라고. 당신 기억나? 그, 왜, 있잖아, 백두산에 지열발전소 지어서 중국, 북한에 전기를 팔아보려고 했던 사업 말이야. 거기에 최 회장이 투자하는 것을 검토했었다네. 최 회장이 결론 내리기 전 사업이 뭉개졌고. 그랬지. 거, 참. 괜찮은 아이템이었는데."

아비의 말을 어미가 가로막았다.

"동업은 무슨, 개뿔. 당신은 그런 허풍 좀 떨지 말아요. 당신이 그만한 돈이 있던 적 있어요? 돈은 쥐꼬리만큼 밖에 없는 사람이 일만 크게 벌여서는. 그거 감당한다고 당신은 몸으로 때우고 우리는 안 입고 안 먹어서 때우고. 뒤늦게라도 정신을 차려서 다행이지. 박 사장? 채 사장? 사장 같은 소리하고 있네. 언제 제대로 된 회사나 차려본 적 있어요? 맨날 어울려 다니면서 헛바람이나 들고. 그 사람들도 당신과 똑같은 인생이지. 그건 그렇고, 그래서? 무슨 말을 하려는 건데요?"

아비는 어미를 슬쩍 쳐다보고는 안나의 부은 손등에 왼손을 얹었다.

"안나 네가 무슨 큰 잘못을 한 것은 아니다. 사는 데 정답이 있나. 네 인생이 이렇게 흘러가는 건가 보다. 그 정도 되는 사람이 아무 생각 없이 너를 그리 대하지는 않았겠지. 자기 관리도 잘할 것이고. 부인과 사별하고 혼자 있으니 바람을 피우는 것은 더더욱 아니고. 어떤 방식이든 네 인생에 도움이 되겠지. 최 회장 정도 되면 꼬리 치는 여자도 많았을 테고 어떤 여자든 만날 수 있을 텐데, 그게 너라는 것이 신기하기도 하다. 어쨌든 잘 모셔라."

"지금 아버지가 되어서 딸에게 할 소리에요?"

어미가 아비에게 소리를 질렀지만 아비는 안나의 눈을 보며 고개를 끄덕였다.

"네 덕분에 우리 집 형편이 나아지기를 바라는 건 아니다. 그건 정말 아니야. 나나 너의 엄마나 지금이 딱 좋다. 모자란 것도 더 가지고 싶은 것도 없다. 그저 너의 인생이 조금 더 나아지기를 바랄 뿐이다. 너의 오빠가 다른 직업을 가질 수 있으면 더 좋을 것이고."

아비가 말을 덧붙였고 안나는 손등에서 아비의 손을 들어 내렸다. 어미는 자리에서 일어났다.

"이 양반아, 가슴에 손을 얹고 이야기하소. 아이고, 이 미친 것아, 어디 할 일이 없어서."

어미는 안나의 어깨를 잡고 흔들었지만 안나는 꼿꼿이 앉아 있었다. 안나가 몸을 세워 버틴 탓이기도 했지만 어깨를 잡은 엄마의 힘 또한 밥주걱으로 손등을 내리치던 그 힘이 아니었다. 아비가 안나의 손등에 다시 손을 올려놓으며 말했다.

"안나야, 뭐라 말을 해보거라, 네가 무슨 잘못을 한 것은 아니라니까."

노마는 안나의 뺨에 눈물이 흐르는 것을 보았다.

"우리 집 왜 이래요? 아빠가 그렇게 말하면 제가 고마워요, 하고 말할 줄 알았어요? 저 친딸 아니에요? 제가 부자 늙은이의 마이걸이 되어서 우리 집에 뭘 가져오면 되는 건데요? 지금 미리 말하세요. 나중에 딴소리하지 말고."

아비가 손바닥으로 안나의 뺨을 올려붙였으면 안나는 웃었을까? 노마는 안나가 진정 원하는 것이 무엇인지 알 수 없었다. 부자 늙은이에게 딸을 팔아넘겨야 할 정도로 집안 형편이 힘든 것은 아니었다. 그런 이유로 안나가 마이걸이 된 것은 아니라 믿었다. 그럴 안나도 아니었다.

다음 날 어미가 안나를 불렀다.

"이왕 그렇게 살겠다고 마음을 먹었으면 잘해라. 네가 생각하는 그런 뜻으로 아버지가 말씀하신 것은 아니니 오해하지 말고."

안나는 어미의 말에 대꾸하지 않았다.

성실한 노동이 정당한 결과와 함께 오지 않는다는 것을 알았던 안나의 아비는 '언젠가'에 가족들의 미래를 걸었다. 언젠가 개발될 것들, 언젠가 이용될 것들, 그리고 언젠가 대박이 날 것들을 찾아다녔다. '지금 당장 여기'가 중요하다고 가족들이 말렸지만 소용없었다. 지금 당장 조금의 이익을 얻기 위해 다른 사람들처럼 살자고? 그러면 원하는 미래는 오지 않아. 다른 사람과 똑같은 미래를 가질 뿐이지. 우리는 달라야 해. 안나의 아비는 고집했다. 아비는 얼마 되지 않는 재산을 들고 '언젠가'를 쫓아다녔다. 심해의 광물 자원 개발, 성층권에서의 태양광 개발, 아프리카의 부동산 개발 등.

아비가 가진 재산은 '언젠가'에 어떤 영향도 주지 못했다. 투자자들의 모임 어느 한구석에라도 앉을 수 있으면 감사한 일이었다.

'언젠가'는 번번이 아비를 배신했다. '언젠가'로부터 배신을 당했다는 것을 아비가 깨달았을 즈음 그의 주머니에 남은 것은 없었다.

'지금 당장 여기'의 세계로 돌아온 그는 얼마 지나지 않아 세상이 참 좋다는 것을 알게 되었다. 무언가를 가지겠다, 무언가를 이루겠다, 무언가를 물려주겠다는 생각을 버리니 마음도 몸도 편안해졌다. 먹고 마시고 입는 것을 탐하지 않는 한 다달이 들어오는 노년 기본 소득이면 충분했다.

이게 말이야. 투자한다고 돌아다닐 때는 푼돈처럼 보였는데 말이야. 나쁘지 않아. 아주 요긴해. 좋은 제도야.

'언젠가'를 찾아 돌아다니지만 않는다면 개인용 차량이 필요하지도 않았다. 언제든 마음대로 쓸 수 있는 공공교통수단들이 도처에 있었다. 그것도 공짜로.

나이가 곧 돈이었다. 괜한 욕심을 내었어. 이렇게 편한 세상을 그저 살기만 하면 될 것을. 안나의 어미가 법적으로 노인이 되는 해를 손꼽아 기다릴 뿐이었다.

노마는 아비의 인생이 부러웠다. 사랑하는 여자를 만나 결혼을 하고 자식을 낳아 기르고 '언젠가'에 뛰어들어본, 그럼에도 아이들은 알아서 컸고 아내는 여전히 자리를 지키고 있는, 다달이 나오는 노년 기본 소득의 혜택으로 버티는 아비의 인생이 진정한 삶이라 여겼다.

노인이 아닌 모든 세대가 합심하여 그의 여생을 등에 지고 어깨에 메어줄 것이다.

아비도 열심히 살아야 한다. 먹을 수 있을 때까지는 열심히 먹어야 한다. 입을 수 있을 때까지는 열심히 입어야 하고 나다닐 수 있을 때까지는 열심히 나다녀야 한다. 그래야 세상이 돌아가고 세상이 돌아가야 돈이 생기고 돈이 생겨야 아비를 업을 수 있으니까. 물론 노마는 열심히 살지 않는 아비를 본 적도 없었고 상상하지도 않았다. 아비야 누가 시키지 않아도 열심히 살아왔고 또 열심히 살 테니까. 그런 사람이니까. 그게 사람이니까.

그에 비하면 노마, 자신의 인생은 보잘 것 없었다. 예정대로라면 앞으로도 한동안 보잘 것 없을 인생이었다. 유망한 직업이라 해서 로봇공학을 전공했지만 유망한 직업은 그들, 세상의 방향을 정하고 세상을 움직이는 누군가에게 필요한 직업을 뜻했다. 떠오르는 산업이라 누군가 말했지만 그것은 그 누군가에게 돈이 되는 산업이라는 말이었다.

누군가는 거짓을 말하지 않았다. '우리 모두'에게 돈이 되는 산업이라 말한 적 한 번도 없었으니까. 진실을 이야기하지도 않았다. 진실은 누가 말해주는 것이 아니니까. 진실을 들여다보지 못한 자, 스스로를 탓할 수밖에.

학점 평점 3.9로 로봇공학과를 졸업한 노마의 직업은 로봇관리사였다. 로봇을 렌탈해서 사용하고 있는 가정을 정기적으로 방문하여 관리하고 잔 고장이 발생할 때마다 수리하는 것이 주된 업무였다. 열에 아홉은 노인들만 사는 집이거나 노인들이 살고 있는 집이었다.

노마의 집에도 가정용 로봇이 하나 있었다. 안나의 아비 앞으로 지급된 로봇 보조금 덕분이었다. 노마의 급여는 입고 먹고 마시고 그리고 세금을 내기에 딱 적당했다. 사람을 만나 가정을 꾸리고 독립할 여유는 없었다. 노마는 결혼을 하더라도 노마 쪽이든 배우자 쪽이든 부모님과 함께 지낼 생각이었다. 동거하는 가족 중 노인이 한 명이라도 있으면 받을 수 있는 혜택이 많았다.

자식들은 어떻게든 노인이 된 부모와 함께 있으려 했고 노인이 된 부모들은 자식들과 같은 집에 살아주는 것을 그들이 자식들에게 줄 수 있는 큰 선물 중 하나라 여겼다. 선물은 주는 사람 마음에 달렸다.

노마는 사랑하는 이를 만나 결혼을 하고 싶었다. 하지만 노마가 만났던 상대들은 결혼을 원하지 않았다. 결혼이라는 이름을 씌운다고 해서 달라질 것이 없었다. 같이 일어나 일하러 나가고 돌아와서는 몸을 섞는 그런 하루의 연속일 텐데. 그 이상의 것들, 늦은 아침에 일어나 발코니의 창을 열고 시원한 바람을 느끼는 것, 허리를 감싸 안은 그 사람의 손과 팔에서 방금 내린 커피향이

나는 것, 아이가 깰까 봐 까치발을 하고 방으로 들어가 여행 가방을 싸는 것, 휴가지로 가는 비행기 안에서 아이와 함께 창밖을 바라보는 것, 하루 대여섯 시간의 노동으로 이 모든 것을 해낼 수 없다면 굳이 결혼할 이유가 없었다. 아이를 가지는 것은 더더욱.

서른다섯 살이 되던 해 노마는 진정한 사랑이라 믿었던 한 여자에게 청혼을 했다. 노마가 출장 나갔던 어느 노인 부부의 집에서 만난 노인성 질환 관리사였다. 여자가 대답했다.

"너랑? 왜?"

"그래서? 넌 왜 울었는데? 인조인간이 뭐라 했어?"

"그렇게 부르지 말라 했잖아."

노마는 안나가 만식의 집으로 들어갈 때부터 만식을 인조인간이라 불렀다. 아이의 아빠이니 그렇게 부르지 말라 안나가 부탁했지만 노마는 들은 척 만 척이었다.

"인조인간 맞잖아. 인조인간 맞지. 뭐라 부를까? 매제라 불러? 그건 됐고. 그래, 인조인간이 뭐래?"

"결혼식도, 혼인 신고도 할 생각이 없대. 아이는 자기 아이라 인정하겠지만 그 이상을 바라지는 말래. 결혼식이니 혼인 신고니

하는 것들을 생각해본 적 없었지만 막상 그 말을 듣고 나니 속상한 거야. 속으로는 기대를 했었나 봐. 섭섭하고 서러워지고. 그래서, 그래서 오빠한테 전화를 했지."

안나는 천천히 한 마디씩 간격을 두어가며 말했다. 전날 울었던 탓인지 의외로 담담했다.

"뭐? 그게 무슨 말이야? 전 마누라도 죽고 없다면서. 자기 자식까지 가졌으면 당연히 부인으로 인정해줘야지. 새파랗게 어린 여자를 데리고 가면서 결혼식도 안 한다고? 누가 동네방네 소문을 내래? 양가 가족들만이라도 불러서, 조용하게라도 말이야. 당신들의 딸이, 너의 여동생이 팔려 가는 것 아니라고. 강제로 끌려가는 것은 더더욱 아니라고, 너를 사랑해서 데려간다고, 같이 살고 싶어서 그런다고 위로 아닌 위로라도 해줘야 하는 거잖아. 그게 우리에 대한 최소한의 예의 아니야? 넌? 그래서 넌 뭐라고 했는데?"

노마는 손바닥으로 테이블을 두드렸다.

"소리 지르지 마. 창피하게."

안나가 손가락으로 입을 가리며 노마에게 작게 말하라 시늉을 했다. 노마는 아랑곳하지 않았다.

"쓸데없는 말 말고 제대로 말해봐. 너는 뭐라고 대답했는데?"

"그 사람이 나한테 직접 말한 것은 아니고 그 사람이 그 사람

아들에게 그렇게 약속했대. 그 사람 아들이 내게 이야기해줬어."

"뭐라고? 그러면 회장 아들이 협박을 한 거야? 이거, 이거 딱 그림이 그려지네."

안나가 고개를 가로저었다.

"아니야. 그런 게 아니고, 알고 있어라 내게 귀띔을 해 준거야. 알아서 살 궁리를 하라 말해준다는 느낌이었어. 갑자기 당하고 나서 놀라지 말라는 그런 뉘앙스. 그리고 그 사람 아들 그 사람과 안 친해. 부자지간인데 잘 보면 무슨 원수 같아."

"안 친하기는 뭘 안 친해. 아무리 사이가 안 좋아도 부자지간 이지. 가족끼리 싸우다가도 제삼자 앞에서는 달라지는 게 사람이 야. 네가 아직 순진해서 잘 모르는 거야. 이것들이 교묘하게 말이 야. 그 아버지에 그 아들이라고, 순진한 사람을 가지고 놀려고 하 네. 그 자식이 뭣 하러 널 위해 그런 것을 말해주겠냐? 혹시나 나 중에 무슨 일이 생기더라도 시끄럽게 하지 말라. 그거잖아. 마음 의 준비를 하라는 거지. 이런 나쁜 놈. 너, 그 자식 전화번호 알 지? 전화번호 내게 보내. 내가 한 번 만나야겠어."

안나는 그 자식이 누구를 말하는 것이냐 다시 물었고 노마는 인조인간 말고 인조인간의 아들을 말한 것이라 대답했다.

"만나서 뭐라 할 건데?"

"걱정하지 마. 무턱대고 싸우지는 않을 테니까. 정확한 뜻과 의도를 확인해야지. 그쪽에서 뭘 줄 수 있는지 확인도 하고 다짐도 받아야지. 지금까지는 그냥 있었는데 안 되겠어. 하나하나 짚고 넘어가야겠어. 넌 모른 척하고 가만있어. 전화번호나 보내."

노마는 자신을 바라보는 안나의 눈길, 여동생이 보내는 신뢰와 감사의 눈빛에 마음이 약간 누그러졌다. 화제를 돌렸다.

"참, 인조인간 수술이 언제라고 했지? 벌써 병원도 다 정하고 그랬나?"

"아직 날을 정하지는 않았어. 출시 예정인 신제품이 있는데 그걸 기다리고 있대. 왜? 꽃이라도 보내시게?"

"꽃 같은 소리 하기는. 위험한 수술은 아닌 거지?"

"갑자기 걱정을 해주고 그래? 인조인간 어쩌고 하더니."

"어찌 되었던 조카의 아버지가 될 사람이니 건강해야 하잖아. 의료 사고 같은 것 생겨서도 안 되고. 혹시 너, 우현이 기억나? 내 친구. 우리 집에도 제법 놀러 왔었잖아. 같이 영화도 보러 가고 그랬는데."

"기억하지. 그런데 왜?"

"그 녀석이 인공 장기 관련 사업을 하거든. 인조인간이 수술을 받는다기에 그 녀석 생각이 잠깐 났어. 그 녀석을 도와줄까 하고. 안 되겠지? 인조인간은 정품으로 들어온 최고급만 쓰겠지?"

"우현 오빠한테 내 이야기 한 거야? 오빠가 말한 거야? 여동생이 마이걸이 되었다고. 미쳤어?"

안나가 발끈했다. 노마는 손사래를 쳤다.

"아니야, 아니야. 설마 내가. 그냥 한 번 해본 생각이야. 정말이야. 그 녀석은 아무것도 몰라."

"절대로 말하면 안 돼. 그런 일 생기면 오빠하고 나 사이는 끝이야. 그리고 아무튼. 돈이 문제가 아니야. 이번에 이식받으려는 것은 인공 폐인데 신제품이야. 중고가 없어. 다른 곳에서는 구할 수도 없고. 그리고 오빠는, 오빠 조카의 아빠가 되는 사람 수술인데 중고를 권하려 했단 말이야?"

안나는 자신이 마이걸이 된 것을 다른 사람에게 말하지 않겠다는 약속을 하라고 노마를 다그쳤다. 노마는 이전에도 그랬고, 이후로도 그런 일 없을 것이라 다짐했다. 노마는 문득 궁금했다.

"안나, 너 우현이가 중고를 취급한다는 건 어떻게 알았어? 나는 중고라고 말한 적 없는데."

안나는 예전에 노마가 이야기해준 적 있다며 벌써 깜빡깜빡하는 것이냐 놀렸다.

그날 노마가 맡은 곳은 스무 곳이었다. 점심시간을 포기하고 안나를 만났었다. 오전에 일곱 집을 돌았으니 오후에 열세 집을 방문해야 했다.

오후 첫 방문 수리는 카페 근처의 아파트였다. 현관 벨을 누르고 한참 기다렸다. 노인의 발걸음이다. 모니터로 노마를 확인하고 현관까지 걸어오는 데 제법 시간이 걸렸다. 노마는 기다리는데 익숙했다. 문이 열렸고 노마가 현관으로 들어섰다. 현관 입구에 서 있던 노인이 노마를 아래위로 살폈다.

"기사 양반 기다리느라 하루 종일 아무것도 하지 못했어."

노마는 핸드폰을 꺼내 시간을 보았다. 약속한 시간보다 십오 분 정도 빠른 방문이었다.

"기다리시게 해서 죄송합니다. 일단 로봇부터 보겠습니다."

노인은 노마를 가정용 로봇이 있는 곳으로 안내했다. 로봇은 거실 한쪽에 세워져 있었다. 최근 출시된 신제품이었다.

"바꾸신 지 얼마 안 되었군요."

노인은 그걸 어떻게 아느냐 감탄을 했다.

"제 일인데요. 어르신이 접수하실 때 말씀주시기도 했고요. 신제품은 원래 고장이 잦습니다. 다음부터는 신제품이 출시된 후 조금 시간이 지난 뒤에 교체하십시오. 그래야 생산 과정이나 개발 과정에서 놓친, 뒤늦게 발견된 오류 같은 것들이 교정된 제품을 쓰실 수 있을 겁니다."

노마가 로봇을 이리저리 살피며 말했다. 로봇의 골격이나 외관에는 특별한 이상은 없었다.

"어르신 말씀을 잘 알아듣지 못한다 하셨지요?"

"그래. 이 녀석이 말귀를 못 알아먹는 것 같아. 귀에 대고 소리를 높여야 겨우 움직인다니까. 신제품이라면서 귀는 내 귀하고 비슷해. 들리는 데도 못 들은 척하는 건지. 사람 자식처럼 말이야."

가끔 있는 경우였다. 말의 패턴과 음성의 높낮이 등을 인식하고 구별하는 센서나 프로그램의 문제일 가능성이 높았다. 생산 공장에서 처음 설정해놓은 조건을 사용자에 맞게 바꾸지 않아 발생한 일일 수도 있었다. 설정이나 반응 조건만 살짝 손을 대면 되겠지만 노마는 먼저 구조적인 이유가 있는지 살펴야 했다.

"조금 시간이 걸리겠습니다. 저 신경 쓰지 마시고 다른 일, 하실 일 있으시면 일 보십시오."

"그래도 집안에 누가 들어와 있는데 신경을 안 쓸 수가 있나. 나는 저 뒤 소파에 앉아 있을 테니 자네야말로 신경 쓰지 말고 일 보게."

노마의 곁에 서 있던 노인은 거실 뒤 소파로 가 앉았다. TV를 켰다. 시사 프로그램이 방영되고 있었다. TV의 음량이 높았다.

"우리가 가진 것이라고 해야 건물 하나, 살고 있는 집 한 채 밖에 없는데 재산세를 올리는 것이 말이 돼?"

노인이 말했다. 노마는 자신에게 하는 말인 줄 알고 네? 하고 대답을 했다. 곧 노인의 혼잣말임을 알았다.

"결국 우리 같은 노인네들 돈 뺏는 것밖에 더 돼? 우리가 젊어서 낸 세금이 얼만데. 차라리 소득세를 더 올려야지. 그게 맞지."

세금 관련된 주제의 방송이었다.

"기사 양반은 어떻게 생각해?"

노인이 물었다. 노마는 대답을 하지도 고개를 돌리지도 않았다. 로봇을 수리하느라 듣지 못한 척 로봇을 살폈다. 로봇은 구조적으로는 이상 없었다. 이상 없습니다, 당장 말하고 일어서도 되는 일이었지만 노마는 서두르지 않았다. 일찍 마친다고 일찍 퇴근하지는 않는다.

"다음 선거에서는 무조건 노인들에게 혜택을 많이 주겠다는 당을 찍어야 해. 기사 양반도 언젠가는 늙을 것 아니야. 그때를 생각하면서 지금 잘 판단해야지. 길게 보고 표를 줘야 해. 노인들 표에다가 기사 양반 같은 젊은 표까지 합치면 안 될 일이 없지. 그렇지 않아? 하긴 젊은 사람들 표까지 필요하겠어? 노인들 표만 제대로 모여도 충분하지. 아무렴."

노마가 자신의 이야기를 듣든 말든 노인은 상관하지 않고 이야기했다. 노마도 노인이 말을 하든 말든 자신의 일을 했다. 노마가

116

반응을 보이지 않자 노인도 흥이 나지 않는 듯했다. 한동안 TV의 패널들 목소리만 울렸다.

가만히 있던 노인이 무언가 생각이 난 듯 전화기를 찾아 어딘가에 전화를 걸었다. 노마는 노인의 통화가 끝나면 로봇의 현재 상황을 설명하고 방문 관리를 마칠 참이었다.

"이번 달까지 벌써 세 달째야. 곧 다음 달로 넘어가. 그러면 네 달째고. 이러면 안 되지. 월세를 많이 받는 것도 아니고, 오 년째 그대로인데. 날짜라도 지켜줘야지. 내가 참다 참다 전화하는 거야. 그래그래, 알아. 어렵지. 다 어렵지. 어렵지만 지킬 것은 지켜야지. 젊은 사람이 일 처리를 이렇게 하면 안 돼."

노인의 전화가 끝나고 노마는 노인에게 상황을 설명했다. 구조적으로는 이상 없다는 이야기, 어느 정도 시간이 지나면 로봇이 노인의 말투와 음성의 크기, 발음의 특성 등을 학습해서 명령을 정확하게 수행하게 된다는 이야기, 그 시간을 기다릴 수 있으면 그것이 제일 좋은 방법이라는 설명을 했다. 혹시 기다릴 여유가 없다면 지금 이 자리에서 노인에게 맞게 약간 수정해 드릴 수 있다는 말을 덧붙였다.

"무슨 말이야? 조금 쉽게 설명을 해 봐."

"한 달 정도 이 로봇과 꾸준히 대화를 하시면 로봇이 저절로 어르신 말을 알아듣게 됩니다."

"그러면 내가 이 녀석을 가르치는 거잖아. 로봇 회사는 아무것
도 안 하는 거네."

"잘 배우는 로봇을 만들어 드린 거지요."

노마는 신발을 신은 뒤 노인에게 인사를 했다. 노인이 노마에
게 물었다.

"내가 다음 주부터 한 달간 제주도에 가 있을 건데 저 로봇 그
냥 두어도 되는 거지? 지난번 로봇은 그냥 두어도 알아서 잘하던
데. 이번 것도 그렇겠지?"

노마는 차에 올라탔다. 운전석에 앉아 시동을 걸려다 문득 아
비가 했던 말들이 떠올랐다. 집에서, 바깥에서 대화의 소재가 떨
어지면 아비가 습관처럼 꺼내는 이야기였다. 복지회관에서 만난
노인들과 공원이든 찻집이든 앉아 시간을 보내는 중에도 빠지지
않고 꺼내들었다.

지금까지 이런 세상은 없었단 말이지. 다 같이 놀자는 이야기
가 아니라 열심히 일한 자 이제 쉬어도 된다는 거지. 그 녀석들
말대로 전 국민 기본 소득으로 했어 봐. 젊은 사람이나 늙은 사람
이나 놀자 판이 되었을 거잖아. 젊었을 때는 열심히 일해야지. 누

가 지들 보고 돈을 많이 벌래? 쟁여놓으래? 그저 열심히 일하라는 거지. 그래야 노년을 즐길 자격이 생기는 거야. 예전보다 훨씬 좋아졌지. 젊어서 고생했다고 편안한 노후를 보장해준 때가 있었나? 지금은 젊었을 때 돈을 벌어 쌓아놓지 못해도 누구나 편안한 노후를 보낼 수 있게 해주니 얼마나 좋아. 부모가 돈을 많이 벌어놓지 않았다고 원망하는 그런 자식들 있지? 웃긴 짬뽕들이지. 요즘 같은 세상에 부모가 돈이 좀 있다 해서 그게 자기들 것이 될 것 같아. 내가, 자네가 언제 죽을 줄 알아서. 다 내 것이지. 물론 부모가 돈이 많으면 조금 편하기는 하겠지. 없는 부모를 둔 것보다는 낫지 않겠어? 하지만 그건 우리가 녀석들에게 주고 싶은 만큼만, 내려주는 만큼만이지. 내가 어느 정도 내려줄지 나도 알 수가 없지. 어쨌건 뭔가 위에서 내려오기를 기다리는 건 옳은 자세가 아니잖아? 누군가 내려주기만을 바라는 것 말이지. 마치 당연한 듯 말이야. 쉽지 않겠지만 스스로 구해야지, 우리처럼. 그러다 또 안 되면 어때. 나이 들 때까지 버티면 되지. 한 가지 아쉬운 점이 있다면 명칭인데, 노년 기본 소득보다는 노년 기본 수당이 조금 더 마음에 들어. 기본 소득이라고 하면 뭔가 공짜로 받는 것 같은 느낌이 든단 말이야. 기본 수당, 이렇게 부르면 과거든 현재든 나의 공헌에 대한 대가, 당당하게 요구해도 되는 뭐 그런 것. 알잖아? 그런 기분.

방송에서, 인터넷에서, 사람들의 대화에서 반복되고 덧붙여지고 재생산되는 이야기였다. 노마의 아비는 어디선가 누군가로부터 들었을 이야기를 자기 것인 양 했다. 당신이 만든 이야기가 아니지 않느냐 굳이 따지는 사람은 없었다. 그들은 복습을 하듯 들었다. 자신들의 편안한 노후가 자신들의 과거로부터 전해진 것이라 믿었다.

이른 아침 길을 나선 아들과 딸이 늦은 저녁 집으로 돌아왔지만 그들은 개의치 않았다. 아이들? 우리의 시절보다 훨씬 나은 시절을 사는 거지. 그렇지 않아? 그들은 그렇게 여겼다. 그들의 아비 어미가 살았던 세상보다 그들이 살고 있는 세상이 더 낫다고 굳게 믿는 것처럼.

휴우, 노마는 내비게이션으로 다음 목적지를 검색한 뒤 한차례 크게 숨을 내쉬었다. 그리고 가속페달을 밟았다. 끼익, 소리가 났다.

노마는 최 회장의 아들을 만나면 먼저 화부터 내야겠다고 마음먹었다. 최 회장 아들 정도 되는 사람의 눈에는 교양 없는 행동으로 보이겠지만 이럴 때는 무식하게 나가는 것이 더 효과가 있을 것 같았다.

젊은 여자 배를 부르게 해 놓았으면 책임을 져야지. 뭐라고? 아이는 내 아이가 맞는데 결혼은 할 수 없다고? 그게 말이야?

노마는 소리를 지르고 삿대질을 하는 상상을 했다.

최 회장 아들이 얼굴을 붉히며 '일단 앉으시지요'라든지 '여기서 이러지 마시고 자리를 옮기시지요' 하며 어정쩡한 자세로 마주선다면 더욱 기세를 올려도 된다.

내가 말이야. 회사 사옥 앞에서 일인 시위를 할 참인데 그 전에 통보라도 해주려고 보자 그랬어.

이렇게 말을 던지는 거다. '무슨 일인 시위까지' 하며 굳은 얼굴로 쳐다보겠지.

아니, 이 사람들이 눈에 보이는 게 없나. 이게 일인 시위할 일이 아니면 뭐가 일인 시위할 일이야. 사람이 죽어 나가야 되는 거야?

찻잔을 집어 던지거나 주먹으로 테이블을 내려쳐야 한다. 그러나 그렇더라도 자리를 박차고 나오면 안 된다. 이건 기선을 잡기 위한 방편일 뿐이다. 화풀이를 하려고 만나는 것이 아니다. 화풀이가 목적이었으면 안나가 마이걸이 되었을 때, 최 회장의 아이를 가졌을 때 했어야 했다. 당당해야 한다.

노마는 정장이 아닌 작업복을 입고 나온 것이 잘한 선택이라 생각했다. 내 직업이 어때서. 성실하게 살아가는 노동자와 부자

아버지를 둔 금수저의 만남이 되는 거지. 게다가 그 부자 아버지
는 노동자의 어린 여동생을 임신시켰고.

"혹시 안나 씨 오빠?"

노마의 옆으로 한 중년 남자가 다가와 섰다.

"네, 그런데요."

고개를 돌린 노마가 처음 본 것은 검은 벨트의 황금색 H자 버
클이었다. 회색 양복바지를 동여매고 있었다. 바지가 내려가지
않게 붙잡고 있는 것인지 아랫배가 쳐지지 않게 버텨주고 있는
것인지 분간하기 힘들었다. 무슨 일이 생기든, 언제 어느 때든,
그게 무엇이든 꽉 붙잡고 있을 것은 분명했다.

작은 키와 둥근 사각형 상체. 노마는 최 회장의 아들이 대리인
을 보냈다고 생각했다. 변호사를 보낸 건가? 이러면 화를 낼 수
없다.

"아드님이 직접 나오시는 줄 알았는데."

'아드님'이라니. '나오시는'이라니. 노마는 자신이 뱉은 말들이
마음에 들지 않았다. 콧등과 이마를 찌푸리고 있는 노마에게 중
년 남자가 손을 내밀었다.

"처음 뵙겠습니다. 제가 최 회장 아들 최필립입니다. 기대했던

모습이 아닌가 봅니다."

"아, 아. 네에. 저는 아드님이라 해서 저보다 나이가 약간 많을
것이라 생각했습니다. 그런데 짐작보다 연배가 훨씬 높아 보이셔
서."

노마는 화를 내지 못했다. 얼굴을 본 첫 순간부터 공격적으로
나갔어야 하는데, 상대방이 당황하게 만들었어야 하는데.

"하하. 그렇군요. 저희 아버님 연세가 여든 일곱입니다. 저는 오
십 둘이고. 제가 서른둘이면 되겠습니까? 이해가 되시지요? 하긴
안나 씨 뱃속에 있는 아이도 우리 아버지의 자식이니 아버지의
나이로 자식의 나이를 짐작할 수는 없겠군요."

필립은 짧은 미소를 보인 후 테이블 위 놓인 노마의 찻잔을 들
여다보았다.

분위기를 바꿔야 한다. 최 회장의 아들이 오십 대의 중년이라
해도 할 이야기는 해야 하는 거니까. 안나의 오빠로 이 자리에 왔
으니까. 노마는 잔을 들어 한 모금 마신 뒤 필립의 얼굴을 보았
다. 노마가 말을 하려는 순간 필립이 손을 들었다. 카페의 종업원
을 불렀고 주문을 했다. 그리고 먼저 입을 열었다.

"말씀하시지요. 저를 보자고 하신 이유가?"

노마는 필립의 깍듯한 말투가 신경에 거슬렸다. 게다가 먼저

말을 꺼낼 기회를 빼앗긴 참이었다. 잠시 뜸을 들이다 입을 열었다.

"예. 얼마 전 늦은 밤에 안나가 전화를 해서는 아무 말 없이 울기만 하다 끊었습니다. 다음 날 이유를 캐물으니 아드님께서 안나에게 무슨 이야기를 하셨다고. 회장님이 아드님께 한 이야기라 하던데."

"그랬군요. 안나 씨가 그 이야기를 오빠에게 했군요. 마음이 많이 상했나 봅니다. 그럴 만하지요. 하지만 그런 뜻으로 전한 것은 아닙니다. 아버님이 그 말을 전하라 하신 것도 아니고."

필립은 종업원이 가져다 준 차를 한 모금 마시고 잔을 내려놓았다. 왼팔을 팔걸이에 올려둔 채 몸을 뒤로 기댔고 몇 번 고개를 끄덕였다.

"이 카페는 다즐링이 제일 맛있습니다. 다음에는 이것도 한 번 드셔보십시오. 어쨌거나 안나 씨 마음이 상했다면 유감입니다. 생각하시는 그런 뜻은 아니었으니까 오해하지는 마십시오. 막말로 이거나 먹고 떨어져라, 그런 뜻은 아니었다는 겁니다. 우리 집, 정확히 말하자면 아버님의 뜻이 그러하니 안나 씨도 마음적으로 혹은 현실적으로 준비하시라 이런 이야기였지요. 아버지께 바라는 것이 있다면 지금 해 놓는 것이 좋다. 뭐 이런 충고의 뜻이었다고 보시면 됩니다. 아버지는 제가 안나 씨에게 그 이야기를 한 것을 모르십니다."

"아니요. 두루뭉술하게 말 돌리지 마시고 정확히 회장님이 뭐라고 하신 겁니까?"

"정확하게라. 토씨 하나 빼지 않고 그대로 듣고 싶으십니까? 흠, 그러지요. 하지만 안나 씨에게 그대로 전하지는 마십시오. 좋지 않을 겁니다. 안나 씨에게 제가 말한 것은 수위를 조절한 것입니다. 들은 그대로 전하면 충격이 클 것 같아서."

필립은 오른손으로 아랫배를 쓰다듬었다. 습관인 듯했다. 노마가 말을 할 때는 가만히 있던 손이 필립이 이야기할 때면 어느새 배에 가 있었다.

"이렇게 말씀하셨습니다. 나의 아이이기는 하지만 내가 가진 것, 회사 그 어느 것도 손을 댈 수 없도록 하겠다. 걱정하거나 신경 쓰지 말거라. 안나는 그저 노리개일 뿐이다. 놀다 보니 아이가 생긴 것이고. 내게 저 모자는 딱 그만큼이다."

필립은 노마가 글자 한 자 놓치지 않고 들을 수 있도록 천천히 이야기했다.

"노리개라니, 그게 무슨 말? 이런 씨, 그게 말이, 말이."

노마가 큰 소리를 내며 자리에서 일어났다. 주위를 둘러보다 옆에 있던 쿠션을 들어 빈 의자 위로 내동댕이쳤다. 카운터에서 주문을 하던 손님과 주문을 받던 카페 직원이 멈칫 했다.

"아니, 제가 그렇게 말한 것이 아니고 회장님, 아니 아버님이."

필립은 노마의 두 팔을 잡아당겨 앉혔고 바닥에 떨어진 쿠션을 들고 와 노마 옆에 놓았다.

"그러니까요. 회장님 말입니다. 회장님 너무하신 것 아닙니까? 자기 아이를 가진 여자한테. 아드님께 할 말은 아니지만 본부인도 없는 판에, 옛날 말로 안나가 첩도 아니고. 회장님 집과 비교할 수는 없겠지만 우리 안나도 귀하게 자란 아이입니다. 그리고 안나 인생에 대해서는 한 치의 고려도 없으신 것 아닙니까?"

노마는 필립의 콧등이 잠깐 찌푸려지는 것을 보았다.

필립이 고개를 끄덕이며 말을 받았다.

"그러게요. 그 점에 대해서는 저도 할 말이 없습니다. 저의 아버지지만 너무한 거죠. 이것 참. 그래서 안나 씨에게 넌지시 알려드린 겁니다. 인간적으로. 챙겨 놓을 것이 있으면 챙겨 놓으시라고."

노마는 화를 내면서도 필립이 고마웠다. 좋은 사람이라 생각했다. 솔직하고 진심 어린, 그리고 보기 드문 공정한 사람이라 확신했다.

"우리 아버지는, 아버지는 저에게도 그런 분이십니다. 회장 아들이니 제가 사장 정도 될 것 같지요? 아닙니다. 이제 전무입니

126

다. 전무가 어디냐 할 수도 있지만, 피 한 방울 섞이지 않은 공채 사원도 어느 정도 능력이 있으면 제 나이 정도에 될 수 있는 것이 전무입니다. 그래도 회장 아들인데, 나이 오십 둘에 전무가 됩니까? 전무가. 솔직히 말해서 안나 씨 뱃속의 아이를, 제가 저 애는 내 동생이다 하고 마음먹고 뭔가를 해주고 싶어도, 뭔가를 약속하고 싶어도 아버지가 안 된다 하시면 못 하는 거지요. 저도 많이 안타깝습니다."

노마는 필립이 불쌍해 보였다. 한편으로는 당황스러웠다. 누가 누구의 말을 들어야 하는 건지. 누가 누구를 불쌍히 여겨야 하는 건지. 누가 누구를 위로해야 하는 건지.

필립이 노마에게 술 한잔 하지 않겠냐 물었다. 노마는 거절하지 않았다. 둘은 자리를 옮겼다.

술잔을 앞에 두고 필립의 신세 한탄이 계속 이어졌다. 필립은 오른 손으로 아랫배를 쓰다듬으며 어린 시절부터 형과 어머니가 죽은 이야기까지, 그리고 늙지만 죽지 않는 아버지 이야기까지 늘어놓았다. 노마는 고개를 끄덕이기도 하고 아이고, 정말요? 따위의 추임새를 넣으며 필립의 말을 들었다.

"그래도 창업주 일가니 주식이라도 있을 것 같지요? 필요한 만큼, 딱 아버지가 필요한 만큼의 주식만 줍디다. 우호 지분 정도.

따라갈 수는 있으나 거스르지 못할 딱 그만큼."

   필립은 술을 잘 마셨다. 훨씬 젊은 노마와 대작을 하면서도 쉽게 취하지 않았다. 취해서 내뱉는 말인가 싶어 들어보면 앞뒤도 맞고 과하게 나가지도 않았다. 마치 준비해 두었던 말처럼 부드럽고 막힘이 없었다. 취기가 오른 노마가 필립을 형님이라 불렀다. 필립은 새엄마의 오빠니 노마는 외삼촌이고 자기는 조카가 아니냐며 농담을 했다. 그러고는 노마에게 술을 사라, 외삼촌이 술을 사야 한다 말하고는 껄껄 웃었다.

   "외삼촌, 하시는 일은 어떻습니까? 편합니까?"

   "몸이 편하고 안 편하고는 중요한 게 아니지요."

   노마는 붉은 얼굴을 이리저리 흔들며 대답했다.

   "내가 조카, 아니 형님에게 할 말은 아니지만요. 나이 든 사람들, 노인들 말이에요. 내가 나이 좀 먹었네 하는 사람들 모두 신 같아요, 신. 신 알아요? 예? 형님도 뭐라 한마디 해보세요."

   "맞는 말이지요. 그 사람들 잘하는 말 있잖습니까? 예전에는. 맨날 예전에는. 예전. 예전. 예전. 무슨 탄생 신화도 아니고. 자기들 마음대로 세상을 움직이고, 그러면서 니들도 언젠가는 늙을 것이니 기다리라고. 허, 참. 늙는 것이, 그게 희망인가요? 우리가 목을 빼고 기다려야 할 멋진 미래가 그거라는 게. 말이 됩니까?

허, 참. 신, 신 맞아요. 나도 알고 노마 씨도 아는 그 누구는 정말 죽지도 않잖아요. 하하. 내가 지금 무슨 말을 하는 건지."

"아이, 참. 형님. 말 놓으시라니까. 지금부터는 말 놓으시고. 아무튼, 백 명 중 사십 명이 신이라는 거예요. 이게 말이 돼요? 올림퍼스 산 꼭대기에 있다가 내려 온 거죠. 아니지, 올림퍼스 산 전체를 땅으로 끌어내린. 아닌데, 이것도 아닌데. 그렇지 텅 빈 올림퍼스를 차지하고 앉아 있는 신. 이게 맞네. 그러면 나는 뭐냐? 신들을 먹여 살리는 노예죠."

노마의 말을 듣던 필립이 한 마디 툭 내뱉었다.

"나가 아니라 우리."

노마는 힐끗 필립을 보았다. 고개를 갸웃하다 이내 끄덕이며 필립의 어깨를 감싸 안았다.

"죽어라 일하는 노예. 그 노예의 꿈이 뭔지 아세요? 신이 되는 거예요. 어렵지 않아요. 일찍 죽지만 않으면, 시간만 보내다 보면 저절로 나이가 들고 노인이 되고 신전에 들어가 있겠지요. 힘센 신이든 이름 없는 신이든. 형님이 들으면 기분 나쁠 수도 있는데, 하긴 오늘 내가 형님 기분 살피면서 이야기하고 있지는 않지만, 사실 얼마 전까지 형님의 아버지를 인조인간이라 불렀거든요. 그런데 생각해보니 형님의 아버지, 그러니까 최 회장님은 그저 단순한 인조인간이 아니에요. 신이죠. 힘이 아주 센. 아, 그걸 내가 이제 알았네요. 이제 알았어. 에휴, 사람이 말이야. 내려놓을 때가 되면 내려놓기도 해야 하고 갈 때가 되면 갈 줄도 알아야지. 사람이 말이야. 그 모든 것 붙잡고, 그것도 모자라 손가락에 걸리는 모든 것들을 움켜쥐는 거잖아요. 그렇지 않아요? 제 말 맞지요? 틀렸어요?"

노마는 혀가 꼬인 채 이야기했다. 술잔을 빙글빙글 돌렸고 테이블 밑으로 떨어뜨릴 뻔했던 술잔을 필립이 잡았다.

"우리가 좀 많이 마셨지. 이제 일어날까? 더 마실까?"

"아니, 형님. 이제 시작이죠. 그런데 형님은? 형님은 뭐랄까? 아닌데? 신의 아들 느낌은 안 나는데. 형님은 뭐죠? 형님, 형님은 정체가 뭐예요?"

"나? 나 최만식의 아들 최필립이지. 힘도 없고 뭣도 없는 노예. 참, 그러면 내 친구 한 명 부를까? 술은 세 명이 먹어야 맛이 나거든. 불러도 되지?"

"친구요? 형님이 부르신다면 저야 뭐."

"인호, 인호라고 있어. 국회의원 쫄따구이자 아들, 평생 쫄따구."

다음날 안나가 노마에게 전화를 했다. 필립과 만나 무슨 이야기를 들었는지 무슨 말을 했는지 무엇을 얻었는지 물었다. 노마는 필립이 좋은 사람이라 대답했고 안나는 그게 뭐냐며 화를 냈다. 노마는 다시 만나기로 했으니 그때 다짐받으면 된다고 안나를 달랬다. 안나는 노마의 말이 끝나기 전에 전화를 끊었다.

'걱정 하지 마, 잘 될 거야. 내가 알아서 잘 할게. 오빠만 믿어.'

노마는 안나에게 문자를 보냈다.

6. 그 길밖엔 없어

허 형사는 이 사건을 빨리 끝내고 싶었다. 어떻게 끝이 나든 중요하지 않았다. 인공 장기의 '인공'이라는 단어를 볼 때마다 이년 전 세상을 떠난 아내가 생각났다. 허 형사의 아내는 당뇨병 환자였다. 인슐린을 분비하지 못하는 1형 당뇨. 그녀의 잘못은 아니었다. 그녀가 그렇게 태어났을 뿐.

허 형사는 그녀를 사랑했다. 그러나 당뇨병 환자가 겪게 될 합병증들에 대해, 환자들의 가족이 감당해야 할 것들에 대해 알지 못했다. 그깟 당뇨병 따위야. 요즘 세상이 어떤 세상인데. 완치할 수 없다지만 인슐린 주사 맞으며 잘 관리하다 보면 완치할 수 있는 기술이 개발되겠지. 개발되지 않아도 되고. 조금 불편할 뿐이지. 당뇨병이라는 이유로 그녀를 포기할 수는 없었다.

어느 날부터 아내의 몸이 붓기 시작했다. 가끔은 숨이 차다고도 했다. 발등부터 시작된 부종이 정강이까지 올라왔을 때 의사가 보호자를 찾았다.

"콩팥 기능이 한계에 다다라갑니다. 투석이든 인공 콩팥이든 준비를 해야 할 것 같습니다. 예전에는 생체 신장 이식을 받는 것이 최선의 선택이었지만 요즘은 선택할 수 있는 옵션이 늘어난 거지요."

허 형사가 의사에게 물었다.

"자기 콩팥으로 버틸 수 있는 시간이 전혀 없나요?"

의사가 대답했다.

"어차피 무슨 선택을 하든지 시간이 필요합니다. 그러니 미리 준비하시라 말씀드리는 겁니다. 옛날에는 자기 콩팥을 쓸 수 있을 때까지 쓰다가 마지막 순간이 되어서야 다른 방법을 찾았지만 요즘은 트렌드가 바뀌었습니다. 인공 콩팥이 워낙 잘 나와서요. 가능한 빨리 하는 것이 다른 장기의 합병증을 예방한다는 보고도 있고."

혈액 투석을 권하지 않는다는 말을 덧붙였다.

"일주일에 두세 번씩 병원을 방문하는 것, 쉽지 않은 일입니다. 게다가 환자의 심장이나 다른 혈관에 부담을 주는 방법입니다. 그리고 투석을 시작하면 평균적으로 십 년 뒤에는 결국 사망하거나 혹은 이식을 받아야 합니다. 다른 방법이 없었을 때는 선택의 여지가 없었지만 지금은 다르니까요."

의사는 인공 콩팥 이식을 권했다. 문제는 돈이었다. 허 형사의 월급으로 감당할 수 없었다.

"시술비나 인공 콩팥의 가격도 그리고 보험 여부도 제가 결정하는 것이 아니라서. 나이라도 많다면 인공 장기 회사에서 지원을 받거나 새로 나온 모델을 시험하는 조건으로 달아 보기라도 할 텐데."

의사는 미안한 듯 말끝을 흐렸다.

"병을 치료하는 데 나이가 무슨 상관입니까?"

"결국 인공 콩팥 시장의 최대 소비자는 노인들이니까요. 생체 시험이라는 것이 결국은 소비자와 비슷한 조건에서의 결과를 얻기 위한 것이거든요. 젊은 사람한테 인공 신장을 달았더니 부작용 없이 오래 살더라. 이런 결론은 당장은 의미가 없는 거지요. 그런 결론을 내리기 위해서는 기다려야 하는 시간도 길고. 지금 인공 장기회사들이 가장 필요로 하는 것은 '육십오 세 이상 혹은 칠십 세 이상 환자들에게 시술했더니 부작용도 없고, 효과도 좋고, 오래 살더라.'같은 결론이지요. 또 있습니다. 인공 콩팥 이식 수술을 받고 나서 치명적인 결과, 예를 들면 수술 받은 사람이 죽는다든지 하는 일이 생겨도 노인이면 다른 이유를 가져다 붙이기 편하잖아요. 나중에, 아주 나중에 시장이 포화되면 그때는 고개를 돌려 젊은 환자들도 쳐다보겠지만. 뭐, 세상이 그렇습니다."

의사를 만나고 돌아온 허 형사는 컴퓨터에서 우현에 관한 자료를 찾아냈다. 우현은 허 형사가 조사했던 사건의 주범이었다. 인공 장기 회사에서 자사의 인공 장기를 사용해 달라 부탁하며 인공 장기 금액의 십오 퍼센트를 현금으로 의사에게 제공했던 사건이었다. 그 돈의 배분을 두고 의사들 사이에서 벌어진 폭행 사건을 조사하다 드러났다. 우현은 그 회사의 영업사원이었다. 우현의 단독 범행으로 사건은 종결되었다. 우현은 실형을 선고받았다. 전체 금액이 컸었다.

허 형사가 우현에게 다시 전화를 했을 때는 우현이 실형을 살고 나온 뒤였다. 경찰에서 조사받는 동안 내가 제법 잘 대해줬었지. 녀석이 혼자 뒤집어쓰려는 게 눈에 보였어. 우현이라면 아내의 인공 장기 이식에 대해 도움을 줄 수 있을 것 같았다.

허 형사의 전화를 받은 우현이 다음 날 허 형사를 만나러 왔다.

"그렇지 않아도 언제 한 번 찾아뵙고 인사를 드리려 했었는데, 먼저 전화를 주시다니. 감사합니다."

"좋은 일로 만났던 것도 아닌데. 내가 잘못한 일은 아니지만 어쨌든 이렇게 찾아와줘서 고마워요."

허 형사가 우현을 보며 말했다.

"아닙니다, 아닙니다. 좋은 일, 나쁜 일이 어디 있습니까? 허 형사님과 저와의 인연이 있을 뿐이지요. 그것보다 사모님 몸이 좋지 않다 하셨지요."

우현이 서둘러 말을 꺼냈다.

"사모님이라 할 것까지는 없고. 집사람이 1형 당뇨 환자야. 그런데 콩팥 기능이 한계에 다다랐다 하더라고. 의사가."

허 형사가 그동안의 일을 우현에게 이야기했다. 아내의 증상, 의사가 했던 말들, 선택할 수 있는 방법들에 대해 허 형사가 이야기하면 우현은 그렇지요, 아, 맞는 말씀입니다, 하고 맞장구를 치며 들었다. 허 형사가 하는 이야기를 끊지 않고 모두 들은 우현이 말했다.

"전화 정말 잘하셨습니다. 제가 지금 하고 있는 일이 인공 장기 이식입니다."

우현은 감옥에서 나온 뒤 인공 장기 거래 업체를 세웠다고 했다.

"허 형사님도 짐작하고 있으시겠지만, 어디 그 일이 저 혼자 할 수 있는 일이겠습니까? 참, 허 형사님을 믿으니까 드리는 말씀인데 지금 이거 사건 조사하시는 것 아니지요? 저를 다시 잡아가려는 건 아니겠지요?"

"오늘은 형사가 아니라 환자의 보호자로 상담하는 거야."

허 형사가 답을 했고 우현은 말을 이었다. 당시 회사에서 우현에게 내건 조건에 관한 이야기였다.

"회사에서는 일이 더 커지기 전에 저 혼자 뒤집어쓰는 것으로 사건이 종결되기를 원했습니다."

우현은 그 대가로 무엇을 줄 수 있는지 회사에 물었다.

"그랬더니 겨우 오 년 치 월급을 퇴직금 조로 주겠다는 거예요. 그래서 제가 그렇게는 못 한다고 했지요."

우현이 요구한 것은 회사로 들어오는 중고 인공 장기의 거래를 독점할 수 있는 권리였다. 회사에서 수거한 중고 인공 장기를 아주 저렴한 가격에 인수해서 외국에 다시 되팔거나 국내에 공급할 수 있는 독점권을 달라는 것이었다.

회사와 우현은 십 년간의 독점권과 삼 년 치의 월급, 정상적인 퇴직금 지급으로 합의를 했고, 우현은 감옥으로 들어갔다. 감옥에서 나온 우현은 인공 장기 거래 업체를 세웠다.

"중고?"

허 형사가 고개를 갸웃했다.

"네. 누군가가 한 번 쓴 것이니까 중고지요. 하지만 기능에는 전혀 문제가 없습니다. 안전도 그렇고."

우현은 입술을 삐쭉거리고 양쪽 어깻죽지를 들어보였다.

"그래도 누가 한 번 쓴 건데. 다른 것도 아니고 몸에 들어갔다 나온 건데 아무런 문제가 없다고?"

허 형사가 우현에게 다시 물었다.

"네. 그렇다니까요. 세척을 하거든요. 세척을 하고 나면 전혀 문제가 안 됩니다. 세포 하나, 단백질 한 조각 남겨놓지 않거든요. 제가 이거 한 지가 올해로 만 오 년이 다 되어 갑니다. 문제가 있었으면 벌써 난리가 났겠지요. 저는 벌써 이 사업을 접었을 거고. 주로 중국 쪽으로 많이 넘어가는데 지금까지 한 번도 제품의 질이나 부작용 관련해서 컴플레인을 받아 본 적 없다니까요."

우현은 전혀 문제가 되지 않는다는 이야기를 반복했다, 허 형사는 중국이니 그런 것 아니냐, 노인들한테 쓴 것이니 부작용이 생겨도 알지 못했던 것 아니냐며 물었다.

허 형사를 안심시키기 위해 한참 동안 이런저런 이야기를 하던 우현이 고개를 돌려 한 차례 한숨을 내쉰 뒤 허 형사를 보았다.

"다른 대안이 없으신 것 아닙니까? 인공 콩팥 이식을 받기는 받아야겠고 신품을 쓰기에는 비용이 부담스럽고 그런 것 아닙니까?

완전한 조건을 원하신다면 중고를 쓰시면 안 되지요. 그리고 우리나라에서는 이거 다 불법입니다. 알고 계시지요? 주위 경찰 동료들에게는 비밀로 하셔야 합니다. 이식을 받으시든 받지 않으시든. 허 형사님을 믿겠습니다."

결국 허 형사의 아내는 중고 인공 콩팥을 이식받았다. 지방의 한 준 종합 병원의 수술실에서 우현이 데리고 온 외과 의사가 수술을 했다.

"너무 걱정 마십시오."

의사를 따라 수술실로 들어가던 우현이 허 형사에게 말했다.

수술이 끝난 후 병실로 찾아온 우현에게 허 형사가 물었다.

"어떻게 구한 콩팥인지?"

우현은 정말로 듣고 싶은 것이냐 되물었고 허 형사는 고개를 가로저었다.

이식을 받은 후 허 형사의 아내는 건강을 되찾은 듯 보였다. 부종도 조절이 되었고, 간간이 반복되던 구역도 사라졌다. 주치의가 인공 신장 이식을 받았는지 물었고 허 형사는 그렇다 대답했다. 어디서 받았는지, 무엇을 이식 받았는지 의사는 캐묻지 않았고 허 형사도 말하지 않았다.

아내의 당뇨가 나은 것은 아니었다. 인공 콩팥 이식으로 콩팥의 문제는 해결되었지만 다른 합병증을 해결하지는 못했다. 콩팥이 기능을 할 수 없을 정도였으니 다른 장기 또한 기능이 좋았을리 없었다. 심장과 뇌의 혈관, 손과 발의 신경에 합병증이 생겼다. 인공 심장과 인공 췌장 등의 이식을 받으면 해결할 수 있습니다. 우현이 말을 했지만 허 형사와 그의 아내는 더 이상의 수술을 원하지 않았다. 중고였음에도 인공 콩팥을 이식받는 데 들어간 비용이 적지 않았다. 이미 그들의 삶은 많은 제약을 받고 있었다.

인공 콩팥 이식 수술을 받은 지 삼 년이 되던 해 허 형사의 아내가 세상을 떠났다. 심혈관 합병증으로 인한 사망이었다. 투석을 시작하면 평균 잔여 수명이 십 년입니다. 십 년 안에는 결국 사망하거나 혹은 이식을 받아야 합니다. 아내를 납골당에 남겨두고 돌아오며 허 형사는 주치의가 했던 말을 떠올렸다.

허 형사가 다시 우현의 자료를 찾아 꺼낸 것은 박 팀장이 한 말때문이었다. 허 형사는 어느 정도 수사가 진행이 된 뒤 인공 장기브로커들을 만나볼 생각이었지만 인공 장기 관련 브로커를 먼저만나보라는 박 팀장의 충고를 무시할 수 없었다. 일을 대강 하는 것처럼 보여도 박 팀장은 베테랑이었다.

우현을 다시 만나고 싶지 않았지만 어쩔 수 없었다.

"아이고. 오랜만입니다. 어쩐 일이십니까? 우리 허 형사님이 전화를 다 주시고. 사모님은 좀 어떠십니까?"

우현은 허 형사의 아내가 죽었다는 사실을 몰랐다. 굳이 허 형사가 우현에게 말할 필요가 없었다. 허 형사가 뭐라 대답할지 머뭇거리는 사이 우현이 말을 이었다.

"요즘 심장을 구하는 것은 어렵지 않습니다만 췌장은 조금 어렵습니다. 아무래도 아직 상품이 많이 나오지 않은 탓에. 그래도 허 형사님 일이라면 제가 꼭 만들어 드려야지요. 사모님 일인데. 당연히 그래야지요."

허 형사는 잠깐 망설이다 물었다.

"폐는? 인공 폐도 나왔다던데. 혹시 물건 있어?"

헛기침을 몇 차례 한 후 우현이 대답했다.

"사모님 일로 전화하신 게 아니네요. 폐는 무슨 이유로 찾으실까? 제가 의사는 아니지만 이쪽 계통에서 일한 지가 제법 되거든요. 폐하고 당뇨하고는 크게 관계가 없는데. 사모님이 담배를 피우시는 것도 아니고. 물건이 필요한 것이 아니시구나. 그냥 묻고 싶으신 거구나. 그걸 이렇게 돌려 물으시네."

허 형사는 자신이 너무 성급했다는 생각이 들었지만 이미 벌어진 일이었다.

"다른 뜻은 아니고. 사건을 하나 맡았는데 인공 폐 이야기가 나와서. 그저 궁금해서. 혹시 우현 씨가 들은 이야기가 있나 해서."

"우현 씨는 무슨. 씨까지 붙이십니까? 그냥 우현이라 하면 됩니다. 저도 뉴스 정도는 보고 삽니다. 혹시 얼마 전 있었던 올더앤베러 최 회장 사건 말씀입니까? 허 형사님 담당 사건입니까? 그게 말입니다, 말하자면."

허 형사가 우현의 말을 끊었다.

"바로 아네? 올더앤베러 사건인 줄."

"당연하지요. 업계에서는 벌써 이야기가 한 바퀴 돌았지요. 그 모델의 인공 폐 이식은 처음이었거든요. 작동을 잘 할지 어떨지가 관심의 대상이었는데. 좀 허무하게 되었습니다."

"우리 전화로 이러지 말고 잠깐 보는 건 어떨까? 잠시만 만났으면 하는데."

우현이 대답했다.

"만날 필요까지야. 저는 고객 아니면 만날 일 없습니다. 특히 형사하고는. 제 직업이 브로커인데 공권력과 만나고 다녀서야 되겠습니까? 대답부터 드릴게요. 저는 그 사건에 대해서 아는 것이 없습니다. 관계도 되어 있지 않습니다. 이제 되었지요? 전화 그만 끊어야겠습니다. 사모님께도 안부 전해주시고요."

"잠깐만."

이미 전화가 끊긴 뒤였다. 다시 전화를 걸었지만 신호만 갈 뿐 우현은 전화를 받지 않았다. 잠시 후 우현으로부터 문자가 왔다.

'지금 무엇을 어떻게 조사하고 있는지 모르겠지만 저를 통해 뭔가를 알아보려 하지 마십시오. 인공 장기까지 달았던 사람들이 그저 쉽게 죽겠습니까? 사모님이 받은 인공 콩팥은 하늘에서 뚝 떨어졌겠습니까? 사모님 장기는 어디서 왔는지 아십니까? 감당하실 수 있겠습니까? 제가 다른 것은 다 까먹어도 사모님 콩팥이 어떻게 왔는지는 기억하고 있습니다. 하지만 그런 것으로 형사님을 이용해 먹지는 않았습니다. 형사님께 빚진 것이 없었다면 형사님을 제법 괴롭혔지 싶습니다. 그러니 이런 일로 제게 전화하지 마십시오. 형사님은 그저 물어보는 것이겠지만 저는 취조당하는 기분입니다. 그리고 저는 형사님의 정보원이 아닙니다. 허 형사님께 부탁드리는 말씀입니다. 제가.'

허 형사의 아내에게 이식했던 인공 콩팥은 교통사고를 당한 노인에게서 나온 것이었다. 허 형사의 아내와 마찬가지로 당뇨로 인한 신부전으로 투석을 하고 있던 노인이 이식받아 육 개월 정도 사용했던 콩팥이었다. 콩팥을 바꿔 단다고 당뇨가 없어지는 것은 아니지만 삶의 질은 훨씬 나아졌을 것이다. 혈액 투석을 하기 위해 이틀에 한 번씩 병원을 찾지 않아도 되었을 테니까. 그런데 육 개월밖에 더 살지 못했다.

아들이랑 백화점에 가는 길이었대. 갑자기 끼어드는 차를 피하려다 방호벽을 들이박은 거지. 설상가상으로 조수석 에어백이 작동을 안 한 거야. 아들은 찰과상, 아버지는 사망. 그렇게 된 사연이야.

물건을 넘겨주던 병원의 직원이 우현에게 해준 이야기였다.

하여튼 우현 씨는 물건 냄새를 잘 맡는단 말이야. 중고 물건이 나올 줄 어찌 알았을까? 얼마 전에 우현 씨가 전화로 혹시 물건 나오면 꼭 먼저 연락 달라 했었잖아. 응급실에서 인공 장기 환자 사망이 있다고 콜이 오는데 우현 씨 생각이 바로 나더라고.

병원 직원이 덧붙여 말했었다. 직원의 안주머니에 하얀 봉투를 넣어주며 우현이 대답했다.

무슨 그런 큰일 날 말씀을 하십니까. 이식 기다리던 환자가 운이 좋은 거지요. 이건 감사의 표시구요. 이번에는 조금 더 넣었습니다. 유가족에게는 제가 직접 이체하겠습니다. 계좌번호만 보내주십시오.

돈이 된다는 소문에 우후죽순으로 생겨난 여러 업체가 덤벼들던 시기였다.

박 팀장이 허 형사의 책상을 손가락으로 두드렸다. 모니터를 들여다보던 허 형사가 고개를 들었다. 박 팀장의 손에 종이컵이 두 개 들려 있었다. 박 팀장은 고개를 오른쪽으로 까딱하고는 종이컵을 내밀었다.

"한 대 피우자고."

"바쁩니다."

허 형사가 다시 모니터로 고개를 돌리며 대답했다.

"야, 허 형사. 아직 삐져 있는 거야? 왜 그래, 사나이가. 풀어."

박 팀장이 종이컵을 든 팔로 모니터를 가리며 말했다.

"삐지다니요. 왜 이러십니까. 할 일이 산더미처럼 쌓여 있는데 담배가 웬 말입니까? 여기 폴더 안에 들어 있는 파일들 안 보이십니까? 일일이 다 확인해야 합니다. 둘이서. 내가 형사로 온 건지 모니터 요원으로 온 건지. 방해하지 마시고 혼자 가서 피우십시오. 열심히. 조심하십시오. 커피 쏟아지면 오늘 작업한 것 다 날아갈 수도 있습니다."

허 형사는 모니터에서 시선을 떼지 않은 채 박 팀장의 팔을 모니터 밖으로 빼냈다.

"미안해. 그래서 이렇게 커피 뽑아 왔잖아. 그리고 천천히 해도 된다 했잖아. 자, 한 대 피우러 가자니까."

허 형사가 고개를 들었다. 박 팀장이 웃고 있었다.

"이번에는 그냥 안 넘어가려고 했는데. 아이 씨."

허 형사는 한 마디 내뱉고 자리에서 일어섰다. 박 팀장은 허 형사의 손에 종이컵을 쥐어주고는 허 형사의 어깨를 툭 쳤다. 종이컵 안의 커피가 흔들려 밖으로 쏟아질 뻔했다. 밖으로 나온 박 팀장과 허 형사는 주차장 뒤쪽 벤치에 앉았다.

"그래. 뭐 나온 것 좀 있어?"

박 팀장이 허 형사가 입에 문 담배에 불을 붙여 주며 물었다.

"뭐가 나왔다고 말하기는 좀 그런데요. 올더앤베러의 공장이 진주에 있더라고요. 그래서 그런지 사건 당일 진영휴게소에 서 있던 컨테이너 수송 차량이랑 다른 트럭들 중에 올더앤베러 소유의 차들이 많았습니다. 올더앤베러에 전화해서 물어보니까 거의 주차장처럼 사용한답니다. 진주랑 가까워서 거기서 빈 차로 대기하고 있다가 필요하면 진주로 와서 실어 나가고, 일 없으면 휴게소에 세워놓고. 운전기사는 개인 차량으로 진영 휴게소에 출퇴근 하듯이 왔다 갔다 하는 경우가 많답니다."

허 형사는 담배 연기를 한 모금 들이마신 뒤 내뱉었다. 박 팀장이 허 형사의 무릎에 손을 얹었다.

"수고하네. 지겨운 일 맡겨서 미안하다. 들어보니 아직 뭐 특별한 진척이 있는 것은 아니네. 그지?"

"진척이 있을 리가 있습니까? 이제 겨우 CCTV 파일 중 육십 퍼센트 정도 보았는데요. 일단 모두 살피고 나서 특별한 내용이 있든 없든 진영 휴게소와 올더앤베러 진주 공장에 한 번 다녀올 예정입니다. 사건 당일부터 지금까지 계속 휴게소의 같은 자리에 있는 컨테이너나 트럭도 살펴보고, 휴게소에 없는 차량은 진주 공장에 가서 살펴봐야겠습니다. 범행을 저지르기에 일반 승용차는 좁고, 승합차 정도는 되어야 가능하겠지만 지금까지 본 바로는 오래 주차되어 있는 승합차는 없었습니다. 물론, 아직 다 본 것은 아니지만. 저는 왠지 컨테이너 트럭이나 냉동 탑차 같은 곳이 범행 장소로 유력할 것 같습니다."

박 팀장은 담뱃불을 손으로 튕겨냈다. 종이컵에 꽁초를 넣었다.

"그러면 올더앤베러 소유 차량에서 범행이 일어났다는 거잖아. 내부자가 관련되어 있다는 말이야?"

"그렇게 단언해서 말할 수는 없지요."

허 형사는 대답을 한 후 종이컵에 남아 있던 커피를 마저 마셨다.

"그건 그렇지. 진주 공장에 갈 때 같이 가자. 나도 도와줄게."

"팀장님은 그냥 여기 계십시오. 같이 가 봤자 걸리적거리기만 합니다."

허 형사가 벤치에서 일어나며 말했다.

"야, 뭐라고? 아직 삐쳐 있는 거야? 사내 자식이. 야, 거기 서봐."

박 팀장도 허 형사를 따라 벤치에서 일어났다.

"사람이 따라오면 기다려주기도 하고 그래야지."

허 형사를 쫓아온 박 팀장이 숨을 헐떡였다.

"그리고 한 가지 더 말씀드릴 것이 있습니다."

엘리베이터에서 내리며 허 형사가 이야기했다.

"중고 인공 장기 말입니다. 한 번 사용한 인공 장기라 하더라도 다시 사용할 수 있지 않습니까? 그런데 다시 사용하려면 정해진 시간 내에 특수한 세척을 해야 다른 사람이 사용할 수 있답니다. 설명이 어렵던데, 인공 장기에 처음 사용했던 사람의 세포 같은 것이 남아 있어도 안 되고, 또 무균 상태로 만들기 위해 소독하는 과정 등이 필요하고. 하여튼 몇 가지 이유 때문에 특수한 세척을 해야 한답니다."

"그렇겠네. 재사용하는 것 자체가 찝찝하잖아. 인공 장기를 달면서 중고를 쓰겠다는 사람이 있다는 것도 신기해."

박 팀장이 옆 책상의 의자를 끌고 와 허 형사의 책상 옆에 자리를 잡았다.

"간혹 있다 하네요. 신품과 중고 가격 차이가 많이 나니까. 어쨌든 이 특수 세척이 필요한데, 이 특수 세척을 할 수 있는 기계가 수거 업체, 그리고 제조 회사에만 있답니다. 이게 쉽게 들여오거나 만들 수 있는 기계가 아니랍니다. 그렇다고 기계를 밀수해 와서 쓸 만큼 시장이 넓은 것도 아니고. 결국 병원이 아닌 곳에서 불법 인공 장기 이식 시술을 하더라도 수거 업체나 제조 회사의 세척을 거쳐야 사용할 수 있다는 뜻이 됩니다. 그런데, 이번 사건 이후로 지금까지 수거 업체나 제조 회사에서 세척한 인공 장기가 없답니다."

허 형사의 말을 듣고 있던 박 팀장이 허 형사의 말을 끊었다.

"잠깐만. 세척을 해놓고 안 했다고 거짓말을 할 수 있는 것 아니야? 아니면 아직 세척하러 오지 않았거나. 무조건 수거 업체나 제조 회사를 거쳐야 한다면 분명히 들통 날 텐데. 다른 방법이 있는 것 아니야?"

허 형사는 잠시 박 팀장을 쳐다본 뒤 말을 이었다.

"그러니까요. 이제 말하려고 하는데. 제발, 좀. 제 말 좀 끊지 마십시오. 팀장님은 그게 제일 이상한 습관입니다. 사람 말을 끝까지 듣고 있지를 않습니다."

"알았어. 미안해. 계속해봐."

"어쨌든 그런 것을 살펴볼 수 있는 방법으로 기계의 사용 횟수를 보는 것이 있습니다. 기계가 몇 번 돌아갔는지 기계 자체에 기록이 되어 있기는 한데, 장기 하나를 세척할 때 한 번이 아니라 여러 번 세척을 하는 경우도 있어서 기계가 돌아간 횟수로는 불법 세척이 있었는지 알 수가 없습니다. 또 한 가지 방법이 세척에 필요한 약품의 사용량을 보는 것인데. 이것도 사용량을 서류 조작하거나 평소에 세척을 하면서 조금씩 따로 모아놓았다가 사용을 했다면 확인하기 어렵습니다. 어차피 남아 있는 양을 보는 것이라서 내부 직원이 관계되어 있다면 알 수 없습니다."

"무슨 말이야. 아무것도 모른다는 거잖아."

박 팀장이 허리를 뒤로 젖혔다.

"그렇기는 한데요. 수거 업체나 제조 회사의 서류와 기록이 모두 진짜라 가정하면 문제가 달라집니다. 시간상으로 보았을 때 아직까지 제품을 세척하지 않았다면 재사용할 수 없다 하더라고요. 재활용하려면 어떻게 해서든 세척을 했어야 하는 거지요."

"범행의 목적이 인공 장기가 아닐 수도 있다는 이야기가 되나?"

허 형사가 씩 하고 웃으며 박 팀장의 얼굴을 보았다.

"그렇지요. 제 말이 그겁니다. 전혀 다른 사건일 수도 있다는 겁니다. 인공 장기 관련 사건인 것처럼 보이게 말이죠. 시체를 다시 가져다 놓은 것까지 생각하면 더욱 그렇습니다. 인공 장기만 노린 놈들이라면 시체를 다시 가져다 놓을 필요는 없지요."

"그렇지. 그럴 수도 있겠네. 하지만, 어쨌든 인공 장기가 사라졌잖아. 다른 목적이 있을 가능성도 있지만 인공 장기와 전혀 관계가 없다고 말할 수도 없지. 두 가지 목적이 있을 수도 있고. 인공 장기와 복수, 이런 식으로 말이지. 그리고 녀석들은 자기들이 시체를 다시 가져다 놓은 사실을 우리가 모르고 있다고 생각할 수도 있어. 말하자면 범행 장소를 헷갈리게 하려고 일부러 시체를 가져다 놓았을 수도 있지."

박 팀장이 허 형사의 어깨를 주무르며 말을 이었다.

"허 형사, 아니, 우리 허 형사가 그 신호음인가 뭔가의 신호 강도에 대해서 알아내지 못했다면 우리는 여태 범행 장소도 오리무중이었을 것 아니야. 다행히 우리 허 형사가 아주 똑똑한 덕분에 알게 되었지. 여러 가지 가능한 이야기들이 있으니 모두 염두에 두자고. 인공 장기 매매도 포함해서 말이야. 중국 같은 외국으로 빼돌렸을 가능성, 수거 업체나 제조 회사의 기록이 조작되었을 가능성, 재활용하려다 여의치 않아서 접었을 가능성. 모두 다 있는 거니까. 그런데, 어쨌든 말이야. 허 형사. 인공 장기 관련해서 전문가가 다 된 것 같아. 정말이야. 신호니 세척이니 등등. 너무 잘 아는 것 아니야? 대단해. 앞으로 비슷한 사건들이 많이 발생할 텐데. 우리도 전문가가 한 명 생긴 것 같아. 든든해."

박 팀장은 인공 장기가 목적이 아닐 수도 있다는 허 형사의 말에 동의도 부정도 하지 않았다. 대신 인공 장기 관련해서 허 형사가 알아낸 사실들에 대해 칭찬을 했다. 허 형사는 박 팀장의 말이 칭찬으로 들리지 않았다.

아내의 죽음과 맞바꾼 것들이었다.

허 형사에게 문자를 보내고 난 후 우현은 핸드폰을 차의 대시보드 위로 던졌다. 핸드폰은 앞 유리까지 미끄러졌다. 운전을 하고 있던 직원이 슬쩍 옆으로 고개를 돌려 우현의 얼굴을 보았다.

"운전이나 해."

우현은 앞으로 시선을 고정한 채 앉아 있었다. 비가 내렸다. 좌우로 움직이는 와이퍼 사이로 이정표가 보였다.

"여기서 제일 조심해야 해. 올 때마다 헷갈린단 말이야. 한두 번 와 본 길이 아닌데 말이지. 오른쪽 왼쪽 어디로 가느냐에 따라 180도 다른 곳으로 가게 된다고. 알지? 우리는 직진이야, 직진. 그 길밖엔 없어. 언제더라? 지난번에 길을 잘못 들어서 고생했어. 바이어는 다시 돌아가 버렸고. 안 좋은 일이 생긴 줄 알고 말이야. 그때 손해가 좀 컸어."

우현의 말을 들으며 직원이 고개를 끄덕였다.

"도착하면 뒷좌석에 있는 캐리어만 전해주고 와. 누군지 알지?

전에 봤잖아. 나는 오늘 내리지 않을 테니까. 혼자서 해보라고."

"직접 주시지 않고요? 지금까지 한 번도 다른 사람 손에 맡기신 적 없으셨는데요."

힐끗 우현을 돌아본 직원이 말했다.

"그냥. 오늘은 왠지 걔들 얼굴 보면 짜증이 날 것 같아서 그래. 말만 들어도 토할 것 같아. 가져다주기만 하면 돼. 돈은 이미 받았으니까. 깨끗이 씻었으니까 달기만 하면 된다고 말해주고. 우리말로 해도 알아들을 거야. 노래나 한번 틀어봐. 좀 신나는 걸로."

직원이 틀어준 빠른 박자의 노래들이 한 바퀴 돌아서 다시 첫 곡으로 돌아왔을 때 차가 멈췄다. 직원은 차에서 내려 캐리어를 가지고 갔다. 우현은 의자를 뒤로 젖혔다. 시발. 쓸데없이 전화질이야. 혼잣말을 내뱉었다. 하필 허 형사야. 알아들었겠지? 문자를 괜히 보냈나? 보내지 말걸. 취소할 수도 없고. 우현은 혼잣말을 주고받으며 창밖을 내다보았다. 낮은 잿빛 구름 아래로 검고 넓은 구름이 지나가고 있었다. 한동안 내릴 비였다.

그 녀석 때문이야. 녀석이 보자고 했을 때 무슨 일인지 먼저 물어봤어야 하는 건데. 그날 가지 말았어야 했어. 젠장.

그날 바람이 많이 불었다. 낮은 기온은 아니었지만 바람 때문에 제법 쌀쌀했다. 우현은 휴게소 안으로 들어가 어묵 한 그릇을 시켰다. 어묵이랑 건더기는 그대로 둔 채 국물만 홀짝거렸다. 녀석에게서 전화가 왔다.

"다 와 간다. 십 분 정도 후에 도착할 거야. 화장실 앞쪽으로 나와 있어. 머뭇거릴 시간 없으니까 검정색 SUV가 서거든 바로 타. 알아볼 수 있게 창에 노란색 스티커를 붙여 놓았어."

대답을 듣지도 않은 채 녀석이 전화를 끊었다. 이런 녀석이 아닌데. 무슨 일이지? 우현은 괜히 나왔나 싶은 마음이 들었지만 어쩔 수 없었다.

창에 노란색 스티커를 붙인 SUV가 우현의 앞에 섰다. 우현이 앞좌석의 문을 열었다. 담배 냄새가 확 하고 몰려나왔다. 차에 올라타려 하자 녀석이 '뒷자리'하고 말했다. 우현은 녀석을 쳐다보았다. 녀석은 다시 짧게 말했다. 빨리.

"너 다시 담배 피우냐?"

뒷자리에 올라타며 우현이 물었다.

"오늘만 피우기로 했다."

녀석이 뒤를 돌아보았다. 녀석의 목소리가 떨렸다. 뒷자리에는 노인 한 명이 타고 있었고 자는 듯 보였다.

"뭔데?"

우현이 낮은 목소리로 물었다.

"선물이지. 부탁이기도 하고."

녀석이 가속 페달을 밟으며 대답했다.

"무슨 말이야?"

우현은 노인과 녀석을 번갈아 보았고 녀석은 앞자리에서 작은 가방을 들어 우현에게 건넸다.

"일단, 가방에서 5cc짜리 주사기 꺼내서 한 대만 놓아줘. 다 재어 놓았어. 거기 보면 주사액이 채워진 주사기가 있을 거야. 중간 중간 봐가면서 계속 줘. 도착하려면 제법 더 가야 하니까. 너 주사 놓을 줄 알잖아."

"무슨 일인지 말해줘야 놓지."

우현이 다시 녀석에게 물었다.

"일단 한 번만 먼저 놓아줘. 아, 그놈. 참, 말 많네. 너 언제부터 이렇게 말이 많았냐?"

녀석이 우현을 다그쳤다. 우현은 가방에서 주사기를 꺼내어 노인의 어깨에 주사를 놓았다.

"뭐냐 하면."

녀석이 이야기를 시작했다.

"살아 있는 사람이 아니라 기계다 생각해. 죽여야 하는데 그냥 죽이기에는 아깝더라고. 인공 장기가 몸 안에 몇 개 들어 있거든. 그래서 널 불렀지."

"무슨 말이야? 살아 있는 사람에게서 장기를 떼어내란 말이야. 나더러?"

우현이 목소리를 높였다. 녀석이 대답했다.

"네가 장기를 떼어내기 전에 죽은 사람이 될 거야. 그것까지는 너에게 시키지 않을게. 걱정하지 말고. 그런데 내가 한 번도 사람을 죽여본 적 없거든. 네가 옆에서 방법을 가르쳐줘. 내가 할 테니까. 장기를 떼어내기 가장 좋은 방법으로 죽이면 되잖아. 그치?"

우현은 목소리를 낮추지 않았다.

"너 왜 이러냐? 나야 만나는 인간들이 원래 그런 놈들이니 놀랍지 않지만, 네가 이러는 건 좀 의왼데? 무슨 일이야? 원한이야? 아니면 뭔데?"

백미러로 우현의 얼굴을 보며 녀석이 대답했다.

"너. 살 좀 찐 것 같다. 사업이 잘된다고 하더니만 진짜구나. 네 사업에 보탬이 되라고 내가 노력 좀 하는 거다. 거기 있는 것 안에 인공 장기 네 개가 들어 있다. 네 개나. 그러니 저게 인간이냐? 죽어야 할 때 죽지 않고 계속 사는 것. 인조인간이지, 인조인간. 그래서 내가 죽여주려고 하는 거다. 아마 죽고 나면 고마워할지도 모른다."

"왜 이러냐? 로봇 관리사가 힘들어? 우리 회사에서 영업이나 뭐 그런 거 할래? 내가 취직시켜줄게. 지금이라도 차 돌려서 올라가자. 너 이렇게 한 번 발 들이면 못 돌아온다. 너 지금 네 목소리가 떨리는 것 느끼지? 그거 오랜만에 담배 피워서 그런 것 아니야."

우현이 앞좌석으로 고개를 내밀며 녀석에게 말했다. 녀석은 힐끗 우현을 한 번 돌아보았다.

"저 인조인간을 차에 태울 때 벌써 발을 들인 거야. 저 인조인간 나 알아. 이미 돌아가긴 글렀어. 아, 몰라. 이미 우리는 직진이야. 직진. 이 길밖엔 없어 그러니 네가 나 좀 도와줘야겠다. 너에게도 의미 있는 일이고."

"거기에 왜 나를 가져다 붙여. 나 물건 네 개 정도 없다고 사는 게 힘들어 지거나 그러지 않아. 이런 경우 말고도 물건은 널렸어. 도대체 내게 왜 이러는 거냐? 어? 이런 게 내게 무슨 의미가 있다고."

우현이 앞좌석을 잡아당겼다 놓으며 흔들었다.

"그게 꼭 인공 장기만의 문제는 아니야. 잘 봐. 누군지 알겠어? 하긴 네가 얼굴을 보고 누군지 알기는 힘들겠지. 기억 나냐? 올더앤베러 최 회장이라고. 안나를 마이걸로 만든 늙은이. 내가 처음 너에게 말했을 때 네가 찾아가 죽여 버릴 거라고 했었잖아. 그 늙은이야. 팔십일곱 살짜리. 그때 네가 이야기했었지. 너들 둘 사이에 있었던 일들. 안나가 나에게 하지 않았던 이야기들. 내가 물었었잖아? 진짜로 죽일 수 있냐고."

안나가 고등학생이었을 무렵 우현은 대학생이었다. 전공 과제를 하느라 노마의 집에 들렀던 우현이 안나를 보았다. 교복을 입은 안나가 아니라 평상복을 입은 안나는 우현에게 학생이 아니라 여자였다. 우현은 안나를 마음에 품었다. 핑계거리만 생기면 노마의 집을 찾아왔다. 그저 놀기 위해 온 날도 있었다. 저녁밥을 얻어먹고 안나가 귀가하는 늦은 시간까지 기다렸다. 노마와 같이 거실에 앉아 있는 우현이 안나에게는 낯설지 않았다. 가끔은 노마와 우현, 안나가 섞여 같이 주말을 보내기도 했다.

곁눈질로 안나를 보기 시작했던 우현이 안나의 얼굴을 마주하는데 익숙해질 즈음, 셋이서 새로 나온 영화를 보러 갔다.

"남매가 영화 보러 가는데 내가 왜 끼어?"

"얘랑 둘이서 가면 무조건 싸워. 다른 사람 한 명 있어야 돼.

노마가 한 번 더 권했다. "

"같이 가요. 오빠."

안나까지 나서서 잡아끌자 못 이긴 척 따라나섰다. 안나를 중심으로 노마와 우현이 좌우로 나누어 앉았다. 영화를 보던 중 노마가 화장실에 갔다. 안나가 우현에게 귓속말을 했다.

"우현 오빠, 겁쟁이구나."

잠시 후 우현은 안나의 손을 잡았고 영화가 끝날 때까지 손을 놓지 않았다. 영화의 내용이 무엇이었는지 기억하지 못했다. 안나의 손이 무척 부드러웠다는 것. 우현이 안나의 손을 움켜쥐자 안나가 우현의 손을 풀고 다시 깍지를 끼었다는 것만 기억했다. 영화가 끝나고 들렀던 카페에서도 안나의 눈은 우현을 향했다.

집으로 돌아와 노마와 우현은 맥주를 마셨다.

"내가 마실 것은 없잖아."

안나가 노마에게 말했다. 노마가 음료수를 사러 간 사이 안나와 우현은 첫 키스를 했다.

"처음 봤을 때부터 너를 좋아했어."

우현이 안나에게 고백을 했다.

"알고 있었어요."

안나는 우현의 입술을 손으로 닦아주었다.

며칠 후 우현은 차를 빌렸다. 안나의 학교 정문 앞에서 안나를 기다렸다. 지나가는 길에 생각이 났고 마침 하교 시간이라 그저 한 번 기다려보았다는 우현의 변명을 들으며 안나가 웃었다.

"오빠, 저 보러 왔다고 말해도 돼요."

안나가 대학생이 되었을 때 우현은 인공 장기 회사에 취직을 했다. 번듯한 직장을 가진 남자친구가 해줄 수 있는 것은 많았다. 남자 동기들이 밥과 커피를 사줄 때 우현은 여행을 같이 갈 수 있었고 남자 선배들이 영화를 보여줄 때 우현은 뮤지컬 표를 들고 나타났다. 안나가 졸업을 하면 안나의 부모와 노마에게 정식으로 말할 생각이었다. 안나와 결혼하겠습니다. 허락해주십시오. 우현은 그날을 상상하며 혼자 연습을 하곤 했다.

사건이 터졌다. 리베이트 사건이었다. 우현의 회사는 인공 장기를 공급하면서 거래가격의 십오 퍼센트 정도를 담당 의사에게 현금으로 되돌려 주었다. 불법이었지만 익숙한 관행이었다. 의사는 의례적으로 받는 것이라 여겼고, 회사는 어차피 들어가는 마케팅 비용이라 여겼다. 주는 쪽, 이를테면 영업사원이 퇴사하면서 리베이트 장부를 가지고 회사를 협박한다거나, 협박하다 여의치 않으면 경찰에 투서를 한다거나 해서 문제가 되는 경우가 종종 있었다. 하지만 이번에는 출발점이 달랐다. 리베이트를 주는 쪽이 아니라 받는 쪽에서 문제가 생겼다.

한 종합 병원의 이식 외과에 제공한 리베이트를 이식 외과의 과장이 독차지해버렸다. 이식 외과에 속해 있던 의사들이 공정한 분배를 요구했다. 과장은 과 전체의 이름으로 들어온 것이니 과장이 알아서 관리하겠다며 맞섰다. 언쟁과 날카로운 신경전이 반복되던 중 회식 자리에서 서로에게 술잔을 던졌고 주먹다짐을 했다. 신고를 받은 경찰이 출동했고 술이 깨지 않은 한 의사의 입에서 리베이트에 관한 이야기가 나왔다. 폭력 사건에서 리베이트 사건으로 바뀌었다.

누군가는 책임을 져야 했다. 회사는 우현에게 책임을 져 달라 부탁했다. 우현 개인이 실적을 올리기 위해 한 일로 진술해주기를 바랐다. 우현과 회사는 협상을 했고 결국 우현은 자신이 모든 것을 계획하고 실행했다고 진술했다. 실형을 선고받았다.

우현은 안나가 기다려줄 것이라 믿었다. 이 년이면 돼. 이 년이면 금방이야. 안나가 품에 안겨 울기라도 하면 이렇게 말해줄 생각이었다. 안나는 울지 않았다.

"이 년 동안 내가 어떻게 바뀔지 나도 몰라. 오빠를 사랑하지만, 사랑이 곧 결혼은 아니지. 인생에 사랑이 한 번만 있는 것도 아니고. 잘 다녀와. 뒷일은 그때 가서 보자고. 지금 이렇다 저렇다 헛된 약속을 하지는 않을게."

우현과 안나의 첫 번째 이별이었다.

형기를 마치고 감옥에서 나온 우현이 다시 안나를 찾았을 때 안나는 여전히 혼자였다. 이 년 동안 몇몇 남자들과 교제를 하기는 했었지만 동거나 결혼에 이를 정도의 관계는 아니었다. 다시 만난 첫날 안나가 말했다.

"오빠를 기다리겠다 말한 적 없어. 하지만 오빠만큼 나를 사랑해주는 사람을 만나지 못한 것은 사실이야."

우현이 안나에게 가졌던 섭섭함은 그렇게 사라졌다. 다시 만난 기념으로 간 여행에서 둘은 꼬박 이틀을 숙소에서 나오지 않았다. 엉겨 붙은 채 서로를 탐했다. 힘이 떨어지면 잠을 잤고, 눈을 뜨면 다시 엉겨 붙었다.

"새로 사업을 시작했어. 사업이 자리를 잡으면 너를 데리러 갈게. 이제는 이야기해야지. 노마에게도, 너의 부모님께도."

우현이 말했을 때, 안나가 대답했다.

"나는 아직 아무것도 결정한 것 없어. 내가 말했지. 사랑이 곧 결혼은 아니라고. 오빠. 너무 서두르지 마. 너무 밀어붙이지 않으면 좋겠어. 나 아직 어려."

이제는 안나를 알 것 같았다. 이미 한 번 헤어져본 적 있는 터라 안나가 동기 남자와 밥을 먹거나 선배 오빠라며 술을 같이 마셔도 우현은 신경을 쓰지 않았다. 우현이 신경을 쓰는 것은 딱 한 가지였다. 안나의 직업.

안나의 전공은 사학과였다. 우현은 안나가 전공을 살려 취직하기를 원했다. 대학원에서 공부를 더 하는 것도 괜찮은 길이라 여겼다. 보습학원 선생님이 되는 것도 나쁘지 않은 상상이었고, 지방자치단체의 역사관 큐레이터가 되는 것도 멋진 일이라 생각했다. 엄마와 아내의 직업으로 적당했다.

안나의 생각은 달랐다. 안나는 자신의 전공에 흥미가 없었다. 다들 가는 대학이라서 간 것이고, 성적에 맞추어 들어간 전공일 뿐이었다. 안나는 몸에 더 자신이 있었다. 아비와 어미가 물려준 우월한 몸을 활용하고 싶었다. 피트니스 모델이나 트레이너가 되려 했다.

"나는 트레이너, 피트니스 모델 둘 다 싫어. 나는 네가 네 전공을 살려서 직업을 선택했으면 좋겠어."

우현이 말했다.

"나는 내 전공이 싫은걸. 좋아하지도 않는 것으로 평생 직업으로 삼으란 말이야? 안나가 되물었다."

"그래도 피트니스 모델이 뭐고, 트레이너가 뭐냐?"

우현이 인상을 썼다.

"왜? 그게 어때서? 요즘 사람들이 자기 건강을 얼마나 살피는데. 사람들 건강에 도움도 되고, 무엇보다 내가 좋아하는 일이고. 도대체 반대하는 이유가 정확히 뭐야?"

안나가 정색을 하고 물었다.

"난 다른 사람들이 네 엉덩이, 네 가슴, 네 허벅지를 힐끔거리는 게 싫어. 그게 어쩌다 있는 일이 아니고 매일매일 그런 일이 벌어질 거라는 게 더 싫은 거야. 큐레이터나 선생님. 얼마나 좋아. 엄마나 아내의 직업으로는 딱 이지. 내 마음, 내 기분을 모르겠어?"

우현이 대답했다.

"오빠. 웃긴다. 그렇게 말하면 내가 '아. 우현 오빠가 날 정말로 소중하게 생각하는구나' 할 줄 알았어? 나. 그런 생각 안 들어. 오히려 '이 사람도 어쩔 수 없는 한국 남자구나' 하는 생각만 들어. 내 몸이야. 내가 자랑스러워하는. 오빠도 내 몸 때문에 날 좋아하기 시작한 거잖아. 안 그래? 남들이 내 몸을 힐끔거리든 정면으로 쳐다보든 나를 보고 있으면 나는 오히려 자신감이 생기고 기분이 좋아져. 내가 자신감을 가지고 할 수 있는 일이라서 좋아. 그러니 더 잘할 수 있는 거고. 그리고 내가 왜 벌써부터 엄마나 아내로서의 역할, 이미지를 생각하면서 직업을 골라야 하는데? 듣고 보니 순전히 오빠 중심인 거잖아."

두 번째 이별이었다.

둘은 또 다시 만났다. 다시 만난 안나는 인정받는 트레이너가 되어 있었다. 이번에도 우현이 먼저 연락했다. 안나를 아내로 맞이할 수 있다면 무엇이든 감당해야지, 감당할 수 있어. 궤도에 오른 사업이 자신감을 주었다.

"오빠가 걱정했던 대로 힐끔거리며 곁눈질하는 남자들, 많아."

안나가 웃었다.

"그 남자들 덕분에 내가 월급을 더 받고 있지. 나쁘지 않아. 지들이 내 몸을 상상하며 어디서 무슨 짓을 하건 내가 신경 쓸 바는 아니지. 그래도 내 몸에 터치하는 것은 칼같이 자르고 있어."

이번에는 우현도 같이 웃었다.

"어, 웃네. 오빠도 이제 조금 바뀌었나 보네."

웃고 있는 우현을 보며 안나가 말했다.

"바뀌어야지. 그래야 모시고 살지."

우현이 대답했다.

"그래, 그럼 내가 다시 만나주지. 오빠 집 어디야. 부모님과 같이 살고 있는 것 아니지? 오늘 오빠 집에 가자."

세 번째 만남의 기간은 앞선 두 번보다 짧았다. 안나가 만식의 상주 트레이너가 되어 만식의 집에 들어가면서 그들의 만남은 끝났다. 우현은 받아들일 수 없었다.

"누군가의 집에 들어가는 것은 허락할 수 없어."

우현이 말했다.

"아니, 살림을 살러 들어가는 것도 아니고. 돈 많은 부자의 개인 트레이너가 되는 것일 뿐이야. 방 내주고 밥 먹여주고, 돈도 준다는 데 왜 안 된다는 거야? 남는 시간은 내가 자유롭게 쓸 수 있다고 확인도 받았다니까. 그리고 혹시나 해서 하는 말인데 구십이 다 돼가는 노인네야. 무슨 걱정이야?"

조금만 더 세게 나가면 안나가 포기할 것 같았다.

"아니. 그래도 이건 아닌 것 같아. 지금 결정해. 상주 트레이너로 들어가는 것을 포기하든지 나를 포기하든지."

우현의 말에 안나가 한숨을 내쉬었다. 그리고 대답했다.

"오빠는 여전하구나. 바뀐 게 아니었네. 내 인생이라고. 분명히 말했지. 오빠가 허락하고 말고의 문제가 아니라고. 어디에 뭘 가져다 붙이는 거야. 결정할게. 지금으로선 오빠를 포기할 수밖에 없네."

이번에는 정말로 마지막인 것 같았다. 처음에는 감옥 생활에 적응하느라 견딜 수 있었다. 두 번째는 사업에 몰두하느라 잊고 지낼 수 있었다. 이번에는 달랐다. 매일 안나의 얼굴이 떠올랐고, 자신이 했던 말을 후회했다. 그때 왜 그렇게 말했던 것인지. 무슨 자신감으로 그런 건지. 안나는 우현의 전화를 받지 않았고 문자에 답을 하지도 않았다.

그렇게 몇 달이 지난 후, 결국 우현은 노마에게 도움을 청하기로 했다. 노마에게 그동안의 일을 솔직하게 이야기하고 안나와 다시 만날 수 있게 주선해달라 부탁할 생각이었다.

"웬일이냐? 사업은 잘되고?"

오랜만에 만난 노마였다.

"사업은 뭐. 그냥 그렇지."

우현은 어떻게 말을 꺼내야 할지 몰랐다.

"무슨 소리. 나도 다 듣는 소리가 있거든. 아이고, 부러워라. 나는 월급쟁이에, 집안 꼴도 말이 아니고. 오늘 네가 쏘는 거지? 나 비싼 거 먹어도 되지?"

메뉴판을 살피며 안주를 고르는 노마에게 우현이 물었다.

"집안이 뭐? 무슨 일 있어?"

안주를 고르던 노마가 한숨을 쉬었다.

"그게, 이거 부끄러워서 어디에 말도 못하겠고. 그래도 네 녀석은 우리 집을 좀 아니까. 글쎄 안나가, 안나라는 녀석이 말이야."

"안나가 뭐? 말해봐."

"그 녀석이 마이걸이 되었다, 마이걸. 안 되겠다, 오늘 소주 먹자. 소주."

노마는 다시 한숨을 내쉬었고 우현은 숨을 멈췄다. 마이걸이라니. 상주 트레이너라고 했는데.

"상주 트레이너 아니었어? 그러면 그 팔십 넘은 노인의 마이걸이 되었단 말이야?"

"글쎄 그렇다니까. 어, 그런데 네가 그걸 어떻게 아냐?"

노마가 우현에게 물었고 이번에는 우현이 한숨을 쉬었다. 노마는 우현의 움켜쥔 주먹을 보았다.

"니들 둘, 혹시?"

그날 우현은 노마에게 안나의 고등학교 시절부터 최근까지 있었던 일을 말했다. 우현, 네가 어떻게 나를 속일 수 있냐. 내 동생에게 어찌 그럴 수 있냐. 노마가 화를 내며 우현에게 따졌지만 분노와 섭섭함, 배신감은 그리 오래 가지 않았다.

"그때 도움을 청하지 그랬어. 그랬으면 바로 결혼이라도 시켜버렸을 것 아니냐."

노마가 우현에게 말했다.

"안나가 조금 더 있다 말하자 그랬어. 그리고 그때는 나도 자신이 없었고. 네가 항상 말했었잖아. 다른 건 몰라도 네가 아는 수컷에게는 안나를 시집보내지 않을 거라고. 너하고 절교를 해야 안나를 만날 수 있을 거라고. 그렇게 알고 있으라고. 친구들한테 말하고 다닌 것 기억 안 나냐?"

우현이 소주를 입에 털어 넣었고 노마는 우현의 잔에 소주를 부었다.

"지금 그게 중요한 게 아니지. 이 녀석을 어째?"

"아버지는 뭐래? 가만히 있으셨어? 어머니는?"

우현이 물었다.

"삶에 정답은 없단다. 그저 그렇게 흘러가는 인생이란다. 잘 모셔라, 그러더라. 듣다 보니 맞는 말 같기도 하고."

"그게 무슨 말이냐. 그저 그렇게 흘러가는 인생이라니. 네가 오빠냐?"

노마의 대답에 우현이 화를 냈다.

"이 녀석이 왜 나한테 이래. 내가 그랬어? 듣고 보니 네 녀석이 안나 간수를 잘못한 거네. 어쩔 거야? 응? 내 동생 어쩔 거냐고?"

안주로 시킨 두부김치가 나왔지만 둘 중 누구도 손을 대지 않았고 술잔만 비워댔다. 번갈아 가며 마시고 따랐다. 세 병째 소주를 주문했을 때 우현이 주먹으로 테이블을 내리쳤다.

"죽여버릴 거야. 이 노인네. 내가 가만두지 않을 거야. 다 늙어가지고 뭐하는 짓이야."

급하게 마신 탓에 술기운이 오른 노마가 우현을 쳐다봤다. 우현의 얼굴은 타는 듯 붉었다.

"말로만. 안나 하나 붙잡지 못하면서 사람을 죽인다고? 인마, 네가 아무리 인공 장기 팔아먹고 다니지만 사람 죽인다는 이야기는 함부로 하면 안 돼. 인마."

노마가 물 잔에 소주를 따라서 우현에게 건넸다. 우현은 물 잔을 들어 단번에 비웠다. 그리고 말했다.

"내가 못 할 것 같지? 나 잘해. 장기 떼고 붙이는 것, 웬만한 의사보다는 나을걸. 내가 다 가르치잖아, 의사들."

"그러면, 너 진짜로 죽일 수 있어?"

쉰 소리와 허풍, 비아냥거림, 울음으로 그날 술자리는 끝났다.

그날의 술자리를 기억해낸 우현이 노마에게 물었다.

"그래서 그날 내가 한 말을 믿고 지금 이런 일을 벌이는 거야? 나한테 미리 말도 없이?"

"꼭 그런 건 아닌데. 네가 한 말이 생각나기는 했지. 내 주위에 이 방면으로 아는 사람이 너 말고 없잖아. 그리고 그 늙은이한테 너도 악감정이 있지 않냐. 내가 뒷이야기 하나 더 해줄까?"

우현은 아무렇지 않게 이야기하는 노마가 낯설었다. 이 녀석에게 이런 면이 있었나?

"무슨 이야긴데?"

"안나 임신했다. 그 늙은이의 아이란다."

"임신? 그게 가능해?"

"임신했다니까. 가능하냐고 물을 문제가 아니지. 이미 현실인데."

우현은 늙은이의 얼굴을 다시 한 번 들여다보았다. 안나는 왜 피임을 하지 않은 거지? 설마 임신이 되겠어? 그렇게 생각한 건가? 우현은 안나의 생각이 궁금했다. 노마에게 다시 물었다.

"그러면 아이 아빠를 죽이는 거잖아. 안나는 어떡하라고? 아이는? 안나도 알아?"

"당연히 안나는 모르지. 알면 날 가만 두겠냐? 아이는 일단 낳아야지. 그다음 문제는 다음에 생각하고. 늙은이의 자식인데 뭐가 걱정이야. 친자 확인하면 다 나올 건데. 걱정 안 해도 돼. 늙은이 재산이 좀 되니까 물려받는 것도 제법 될 거야."

우현은 노마의 대답을 들은 뒤 한동안 말을 하지 않았다. 창밖을 보기도 했고, 자고 있는 늙은이를 쳐다보기도 했다. 크게 숨을 들이쉬고 내쉰 뒤 노마에게 물었다.

"내가 얻는 건 뭔데? 복수? 아니지, 복수는 아닌데."

"넌 얻는 게 많지. 인공 장기, 그리고 운 좋으면 안나. 장례 치르고 나면 안나에게 연락해 봐, 예전하고는 많이 달라지지 않았겠어? 아이는 안나와 네가 같이 키워도 되고 아니면 그 집안에 맡겨버려도 되고. 물론 이건 순전히 내 생각이야. 안나와 상의해

봐야지. 작업을 할 차가 기다리고 있을 거야. 빨리 가야 해. 좀 밟

는다."

노마가 속도를 높이자 우현의 몸이 뒤로 쏠렸다.

"이거 너 혼자 계획한 것 아니지?"

우현이 다시 물었다.

"너, 그리고 내가 하는 거지."

노마가 대답했다.

"그런 대답 말고."

우현이 노마를 다그쳤다.

"더 이상 묻지 마라. 넌 나까지만 알고 있는 게 좋은 거지."

직원이 다시 돌아왔다.

"특별한 일은 없었고?"

우현이 물었다.

"네. 특별한 말 없었습니다. 지난번 물건들도 모두 시술했는데

작동이 잘 되고 있답니다. 참. 그것도 이식했답니다, 폐. 이제 사

무실로 출발하면 되는 거지요. 사장님."

'신경 써줘서 고맙긴 해. 그래도 어쩌겠나. 내 직업이 형사인

것을. 우현 씨에게 피해가 가는 일은 없도록 할 게. 얼굴 한 번 봤으면 하는데. 가능할 것 같으면 연락 줘.'

허 형사에게서 문자가 왔다. 우현이 허 형사에게 문자를 보낸 지 일주일 만이었다. 나는 물건을 회수하고 넘긴 것뿐이야. 이 업계에서 일을 하려면 지켜야 할 비밀이기도 하지. 나는 아는 게 없는 거지. 실제로도 그렇고. 그러니 해줄 말도 없는 것이고. 그런데 왜 이리 불편하지? 목구멍에 뭔가 걸린 것 같단 말이야. 기분이 더러워. 우현은 몇 차례 헛기침을 했고 손으로 가슴팍을 두드렸다. 문득 궁금해졌다. 허 형사는 어디까지 알고 있을까?

우현이 허 형사에게 전화를 걸었다.

"아이고. 안녕하십니까. 저 우현입니다."

"고마워. 그래. 만나주기로 한 거야?"

"네엡. 이렇게 간곡히 청하시는데 제가 어찌 거역할 수 있겠습니까? 대신 저를 만났다는 사실만 비밀로 해주시면. 불법적인 일을 하고 다니는 것은 아니지만, 형사 만나고 다닌다는 소문나면 이 업계에서 끝입니다."

"알았어. 걱정 마."

우현과 허 형사가 마주 앉았다. 반팔 면티와 청바지를 입은 허 형사가 갈색 구두를 신고 있었다.

"하아. 천하의 허 형사님 패션이. 죅입니다요. 사모님 코디입니까?"

우현이 웃으며 말했다.

"우리 마누라, 죽었어. 이 년 전에."

허 형사가 고개를 돌리며 대답했다.

"아니 어쩌다가. 가만 있자. 그러면 이식받은 지 삼 년 만에 돌아가신 거네요. 아이고. 이를 어쩌. 죄송합니다. 아이고. 미인이셨는데. 아직 젊으신데. 아이고. 제가 그것도 모르고 실수를 했습니다."

허 형사의 눈치를 보며 우현이 호들갑을 떨었다.

"괜찮아. 내가 말을 안 해준 거니까. 좀 조용히 말해."

우현의 호들갑이 신경 쓰이는 듯 허 형사가 주위를 둘러보았다.

"이식받은 콩팥에 문제가 있었던 것은 아니지요? 하긴 그랬으면 제게 먼저 연락을 주셨겠지만."

"다른 문제로. 알겠지만 당뇨가 어디 한두 군데 이상이 생기는 게 아니잖아."

허 형사가 담배에 불을 붙이고 한 모금 빨아 당겼다가 내쉬었다. 회색 연기가 테이블을 벗어나 옆 테이블로 넘어갔다. 옆 테이블에 앉아 있던 커플이 인상을 썼다. 우현이 허 형사 대신 고개를 숙였다.

"그렇기는 하지요. 그런데 저는 왜 몰랐을까요? 인공 장기 이식 받으신 분이 사망하면 저 같은 업자에게 연락이 오는데. 아마 다른 업자에게 연락이 먼저 갔나 봅니다. 이 상황에서 드릴 말씀이 아니기는 하지만, 장기 값은 받으셨지요?"

"장기 값. 받기는 받았지. 받은 날 저녁에 다 써버려서 그렇지. 1차 2차 3차, 술로 다 없애버렸지. 그 돈을 주머니에 넣은 채 집으로 들어갈 수도, 살아갈 수도 없을 것 같더라고. "

허 형사는 아내가 죽던 날이 생각난 듯 왼손으로 턱을 괴었다.

"그렇지요. 대부분 그렇다 하더라고요. 이게 현금을 바로 주니까 그런 일이 생기는 거죠. 상처 입은 사람들 손에 현금을 쥐어주니 이성적인 판단을 하기 좀 그렇지요. 그게 어떤 돈입니까? 자기 가족들이 달고 있던 장기를 판 돈 아닙니까? 살아 있는 사람 마음을 긁기에는 충분하지요. 얼마 되지는 않지만. 얼마 되지 않는다는 것이 더 그렇게 만들지요. 하룻밤에 써버리기에 딱 적당하니까요. 그래서 저는 현금으로 안 줍니다. 계좌로 쏘지요. 이게 그런 것이. 통장에 들어온 돈을 다시 뽑아 쓰는 게 의외로 힘들거든요. 하하."

웃을 이야기가 아니라는 것을 알았지만 우현은 어쩔 수 없었다.

"웃어서 죄송합니다."

우현이 말을 덧붙였다.

"아니야. 이젠 괜찮아. 시간이 좀 지나니 마음이 편해지더라고. 웃어도 돼. 그건 그렇고. 뭐 들은 것 없어?"

허 형사가 물었다.

"네? 올더앤베러 회장 사건 말입니까?"

"내가 우현 씨 만나서 물어볼 것이 다른 게 뭐 있겠어? 뭐라도 들은 게 있거나 도움이 될 만한 것이 있으면 말 좀 해줘."

허 형사가 우현의 입을 바라보았다.

"하아. 도움이 될 만한 것이라. 일단 저에게 들어온 물건은 없습니다. 보통 물건이 들어오면 이식을 기다리던 사람들이 바로 수술을 받거든요. 사건 후로 인공 장기 이식 수술을 받은 사람들을 살펴보는 것도 한 방법이지 싶습니다. 방금 말씀드렸지만 사건 이후에 제가 연결했던 수술들은 그 사건하고는 관계없는 것입니다. 괜히 엮지 마십시오. 또 보자. 뭐가 도움이 될까요. 수사 내용을 조금 알아야 제가 말씀드릴 것이 더 있지 싶은데요. 제게 말씀해주실 것은 없습니까?"

허 형사가 담배 한 개비를 새로 입에 물었고, 우현이 불을 붙였다.

"음. 별로 진척된 것이 없으니까 우현 씨에게 도움을 청하는 거지. 당연한 이야기겠지만 시체가 발견된 차량이나 그 주위가 범행 장소는 아닌 것 같아. 시간이 안 맞아. 인공 폐가 신제품이라 그 폐에서 보내오는 신호가 있는데 정확하지는 않아도 대강의 거리를 알 수 있다 하더라고. 추정해보니 남해안 어딘가에서 범행을 했던 것 같아."

우현이 붙여준 담배의 끝이 발갛게 타들어 가는 것을 보며 허 형사가 말했다.

"그래요? 보통 GPS나 그런 것은 없는데."

"그렇지. 그런데 이번에 그 폐는 신제품이라 작동이 잘 되는지 어떤지 모니터링을 하려고 달았다고 하더라고. 기계가 작동을 멈추면 신호가 오지 않고, 기계가 켜지면 신호가 오고. 그렇지 않아도 저번 주에 제조회사에서 연락이 왔어. 다시 기계가 켜졌다고."

허 형사가 담배 끝을 후 하고 불었고 우현은 물을 마셨다. 그리고 말했다.

"그러면 끝난 것 아니에요? 신호를 따라가서 찾으면 되겠네요."

"그게 아니야. 신호를 분석하면 대강의 거리는 나오는데 정확한 위치를 말해주지는 않거든. 거리로 보면 중국이나 일본이라네. 그런데 어디를 돌아다니고 있는지는 알 수 없는 거지. 신호 추적기 같은 것을 가지고 일본이나 중국으로 건너가 돌아다니면서 찾으면 몰라도. 말이 쉽지. 그걸 어떻게 하나. 어딘지 알아서? 설령 가까이 가더라도 누군지 알기 힘들다네. 대강의 위치만 아는 거지."

허 형사가 코끝을 찡그리며 대답했다.

"어쨌든 물 건너간 거네요."

"그렇지."

"으음. 제가 요즘은 국내 일만 하다 보니 그쪽으로 주로 누가 하는지 잘 몰라요. 다만 하나 말씀드릴 수 있는 건 일본이나 중국 쪽은 아닐 수도 있다는 거. 일본은 중고 물건을 잘 안 쓰는 나라고, 중국은 이 년 전부터 경계가 워낙 삼엄해서 물건들이 들어가기 어렵거든요. 공안들이 뜯어가는 것이 많기도 하고. 제가 중국 쪽 비즈니스를 접은 이유도 그겁니다. 오히려 그 정도 거리라면 러시아나, 몽골 뭐 이런 곳도 염두에 두실 필요가 있을 겁니다. 말하고 보니 별로 도움이 안 되는 이야기네요."

우현은 말을 하면서 허 형사를 살폈다. 우현의 이야기를 듣는 것 같기도 했고 다른 생각을 하는 것 같기도 했다.

"아니야. 좋은 충고야. 일본, 중국이 어떤지는 나보다 우현 씨가 더 잘 알잖아. 고마워. 그런데 지난번 내게 보낸 문자 말이야. 무슨 뜻이야?"

우현의 말이 끝나자말자 허 형사가 물었다.

"아. 네. 다른 뜻은 아닙니다. 제가 뭐라고 보냈는지 기억도 잘 안 나네요. 허 형사님이 제가 연관이 있다고 생각하나 싶어서 좀 강하게 이야기했던 것 같습니다. 다른 뜻은 없었습니다."

허 형사는 아이스 커피의 얼음을 어금니로 부숴 먹었다. 뿌드득. 얼음이 부서지는 소리가 났다.

"기분 나빴다면 미안해."

"아닙니다. 문자로 보내다 보니까 좀 딱딱해졌었나 봅니다. 오해하기 딱 좋지요. 이래서 마주 앉아 얘기를 나눠야 한다니까요. 그래서 제가 연락드린 것 아닙니까? 하하."

우현이 너스레를 떨었지만 허 형사의 표정은 굳어 있었다. 허 형사가 입을 열었다.

"그래서? 우리 집사람이 가지고 있던 콩팥이 어디서 온 건데?"

"그걸 제가 어떻게 알겠습니까? 언제 어디서 수술했는지도 기억이 안 납니다. 그냥 기억하고 있다고 거짓말을 한 것뿐입니다. 이미 지난 일을 뭘 알려고 그러십니까?"

우현은 자신을 바라보는 허 형사의 눈을 피해 천장의 선풍기를 쳐다보며 대답했다. 이어서 덧붙여 말했다.

"안 바쁘십니까? 저도 형사님과 오래 앉아 있으면 안 좋습니다. 그만 일어나시지요. 커피 값은 제가 내겠습니다."

허 형사가 고개를 끄덕였다. 자리에서 일어났다. 우현은 계산대로 가서 계산을 했고, 허 형사는 커피숍의 문밖에서 우현을 기다렸다. 우현이 문을 열고 나오자 허 형사가 말했다.

"잘 마셨어. 참고할 만한 이야기도 고맙고."

"별말씀을. 그러면 저 먼저 가겠습니다."

우현이 고개를 숙여 인사를 했다.

돌아서서 가려는 우현을 허 형사가 불러 세웠다. 그리고 물었다.

"참. 우현 씨. 전에 그렇게 말했었잖아. 이식 수술할 때 의사 옆에서 보조를 직접 선다고. 말이 보조지, 자기가 거의 다 한다고 했지 않나?"

"아, 예. 그거요? 제가 그냥 허세를 좀 부린 거지요. 제가 감히 어떻게."

"아니야. 그런 게 아니고. 그러면 뗄 줄도 아는 거지?"

"네?"

7. 바닥에는 검은 진흙이

'오빠. 나. 이 집 비우려고. 넓은 집에 혼자 지내려 하니 겁도 나고, 이 집에 남아 있을 명분도 없고. 오빠. 나 어떻게 해? 이 몸으로 집으로 돌아가는 수밖에 없는 거야?'

안나가 노마에게 문자를 보냈다. 노마의 답을 기다리며 안나는 자신이 보낸 문자를 다시 읽었다. 엄마는 슬리퍼로 등짝을 후려칠 것이고, 아빠는 돌아 앉아 담배만 피워댈 것이 분명했지만 선택의 여지가 없었다. 바닥을 짚고 일어섰다. 소파로 몸을 옮겨 등을 기댔다.

'조금만 더 기다려봐. 필립 형님이 방법을 만들어본다고 했어. 약속을 했으니 뭔가 말이 있겠지.'

노마에게서 답이 왔다.

'몰라. 이번 주까지 기다려보고 별말 없으면 나갈 거야.'

안나는 노마에게 답 문자를 보내고 핸드폰을 덮었다. 필립 형님? 안나는 고개를 갸웃거렸다.

다음날 필립의 아내가 왔다.

"우리 집 양반이 애 낳을 때까지 우리 집에 들어와 있으라 그러시네요. 그 몸으로 친정으로 돌아가는 것도 좀 그렇고, 이 넓은 집에 혼자 있는 것도 그렇고. 나더러 임산부 케어를 하랍니다."

필립의 아내가 안나를 보며 말했다. 장례식장에서도 안나를 챙겨주던 그녀였다.

"그래도 될지?"

안나가 물었다.

"몸이 좀 힘들겠어. 친정에 돌아가 봐도 별수 없을 것이고. 싫은 소리만 듣겠지. 간단하게 중요한 짐만 싸요. 오늘 같이 집으로 들어가게. 짐은 내일 사람들 보내서 옮기면 되니까. 내가, 마음이 왔다 갔다 해. 그러니까 **빨리 가야 해요.**"

친정이라는 그녀의 말에 안나는 소리 내 울기 시작했다. 필립의 아내는 안나의 어깨를 감싸 안았다. 이를 어째, 이를 어째. 안나는 눈물을 흘렸고 필립의 아내는 한숨을 내뱉었다.

"아들이래요."

어깨를 들썩이던 안나가 울음 끝에 말했다.

필립이 대문을 열고 들어섰다. 회화나무를 마주하고 아내가 서 있었다.

"여기서 뭐해?"

필립이 아내의 옆에 나란히 서며 물었다.

"사내아이래요."

"무슨 말이야?"

"안나 씨 뱃속의 아기. 이번에 산부인과 가니 말을 해주더래요. 아버님은 벌써 알고 계셨다 그러네요. 아버님이 다른 사람 누구에게도 말하지 말아 달라 부탁을 하셨다 하네요. 안나 씨한테조차. 그래도 혹시나 잊어버리셨을까 싶어 지금 아버님께 알려드리는 중이에요. 당신이 있는데도 사내아이를 기다리셨잖아요. 대놓고 말씀하지는 않으셨지만, 내가 손자를 낳지 못한 것을 많이 섭섭해 하셨어요. 살아계셨으면 무척 좋아하셨겠지요. 그래서 말씀드렸어요. 그리고 당신 말대로 안나 씨 데리고 왔어요. 일단 애 낳을 때까지 만이라도 같이 있자고 했어요."

필립의 아내가 나지막이 말했다. 목소리가 무거웠다.

"그래요. 알겠어. 잘했네. 고마워."

"지금 안나 씨, 자고 있으니까 조용히 들어가세요. 어째 우리 딸이 저렇게 된 것처럼 마음이 그래요."

　바람이 불어왔다. 반쯤 접힌 회화나무 잎들이 박수치 듯 흔들거렸다. 현관으로 향하던 필립의 아내가 발걸음을 멈췄다. 필립을 돌아보며 말했다.

　"가끔 당신 없이 혼자 있는 밤이면 회화나무 아래에서 소리가 나는 것 같아요."

　"무서워?"

　필립이 물었다.

　"아니요. 그냥 소리가 나는 것 같을 뿐이에요. 오히려 같이 계신 것 같아서 마음이 편안할 때도 있어요. 누군지 아니까."

　필립의 아내가 대답했다. 덧붙여 말했다.

　"아버님이 살아계실 때보다 더 가까이 계신 것 같지 않아요?"

　안나와 필립이 저녁 식탁에 마주 앉았다. 필립의 아내는 안나의 옆에 앉았다. 입에 맞지 않더라도 많이 먹어야 한다며 필립의 아내는 안나의 숟가락에 반찬을 올렸고, 안나는 연신 고개를 숙이며 숟가락을 들었다. 필립이 자기 앞에 있던 오이소박이 접시를 안나 앞으로 밀었다.

　"이것도 좀 먹어 보세요. 우리 집사람이 이거 하나는 기가 막히게 합니다. 시원하니 맛있어요."

안나가 고개를 들어 필립을 보았다. 필립의 아내도 필립 쪽으로 고개를 돌렸다.

"감사합니다. 저도, 아기도, 오빠도. 오빠에게 이야기 들었습니다. 로봇 관리사 그만두고 올더앤베러 로봇 연구실로 들어가기로 했다고."

무슨 말이야? 필립의 아내가 눈짓으로 물었다.

"실력이 좋다 하더라고. 실력이 좋다는데 마다할 이유가 있나. 어차피 우리 회사도 주력사업으로 검토하고 있는 분야이기도 하고. 그쪽으로 경험도 많으니 회사에 제법 도움이 될 거야. 어찌 되었건 이것도 인연 아닌가, 인연."

"회장님도 챙겨주시지 않았던 건데. 저희 부모님도 많이 고마워하세요. 감사합니다."

안나가 자리에서 일어났다. 구부정한 자세로 허리를 숙여 인사를 했다. 필립의 아내는 안나의 허리와 어깨를 붙잡고 다시 앉혔고, 필립은 안나가 자리에 앉기를 기다렸다. 안나가 자리에 앉자 필립이 말했다.

"우리 이건 확실히 하도록 하지요. 안나 씨나, 뱃속의 아기, 그리고 오빠 노마 씨까지는 저의 인연이라고 생각하고 있습니다. 제가 해줄 수 있는 것들은 해줄 생각이구요. 하지만 안나 씨 부모님은 다릅니다. 나는 안나 씨 부모님까지 인연을 넓힐 생각이 없습니다. 알겠지요. 기억해줬으면 좋겠습니다."

그날 저녁 잠자리에서 필립의 아내가 물었다.

"당신. 하나 물어봐도 돼요?"

"뭘?"

"안나 씨 뱃속의 아이. 아버님 아이 맞아요?"

"당신, 정말."

"아니. 안나 씨도 아버님 아이가 맞다 말하긴 했는데. 아버님 나이가 워낙 많으셨으니까. 믿기지가 않아서. 혹시 다른 사연이 있나 하고. 당신하고는 관계없는 거죠?"

"또 쓸데없는 상상. 제발 그러지 마."

"당신이 너무 챙기는 것 같아서."

"당신, 나 몰라? 그렇지 않아도 머리가 복잡한데, 당신이라도 좀 도와주면 안 돼? 어휴."

필립은 베개를 고쳐 돌아누웠다. 필립의 아내도 한숨을 쉬며 반대쪽으로 돌아누웠다. 그날 밤 필립은 잠을 이루지 못했다. 아내 때문은 아니었다. 영권의 일에 대해 결정을 내려야 했다.

노마는 필립의 집으로 들어갔다는 안나의 문자를 보며 빙긋이 웃음을 지었다. 문자를 받은 지 일주일이 지났지만, 틈이 날 때마다 핸드폰을 열어 문자를 확인했다. 오빠로서 할 일을 했다는 뿌듯함, 필립에 대한 감사 등의 감정이 섞여 노마를 웃음 짓게 했다. 안나는 필립의 집에서 아이를 낳을 것이다. 필립은 아이를 자신의 동생으로 인정한다 말했었다. 그리고 안나의 인생은 이제 필립의 선택이 아니라 안나의 선택에 달려 있다는 말을 덧붙였었다. 필립이 약속을 지키고 있었다.

내 생각을 이야기할게. 안나 씨는 아직 젊어. 그래서 안나 씨를 어떻게 하겠다. 안나 씨는 어떻게 해야 한다. 이런 결정을 미리 내리고 싶지 않아. 안나 씨가 스스로 선택할 수 있도록 하고 싶어. 물론 아이는 낳아야겠지. 소중한 생명이니까. 내 동생이기도 하고. 아이는, 아이의 삶은 기대했던 것보다 훨씬 좋을 거야. 우리 집안의 남자로 인정해줄 거니까. 내가 우리 아버지의 유일한 아들이었어. 그런데, 내가 아들이 없어. 무슨 말인 줄 알겠지? 노마는 그 아이의 외삼촌이고. 그렇지?

만식이 퇴원하기 나흘 전 필립이 오른손으로 아랫배를 문지르며 했던 이야기였다.

성공적인 삶에는 몇 번의 운이 필요하지. 의지와 노력만으로 되는 것은 절대 아니야. 운이라는 것이 하늘에서 뚝 떨어지는 돈이나 우연한 기회만을 뜻하는 것은 아니지. 다행히 벌어지지 않은 일들, 분노나 좌절로 누군가에게 무언가를 하려 했지만 하지 못한 것들, 마침 그 자리에 그가 없었다거나 누군가 끝까지 말렸다거나, 네가 앉으려는 자리에 주인이 없는 것도 너의 운이야. 이미 그 자리에 누군가 서 있다면, 그것도 네가 맞서 싸울 누군가가 아니라면 너는 그 자리에 갈 수 없는 거지, 결코. 네가 너의 정치를, 그것도 훌륭하게 해내려면 그런 운도 필요해. 하지만 그런 면에서 너는 운이 없어. 일단 내가 비켜주지 않을 거니까. 내가 너의 아비이고 너보다 먼저 정치를 시작했으니까.

이 년 전 남해였다. 영권이 인호에게 했던 말이었다. 말을 했던 영권도, 말을 들었던 인호도 표정이 좋지 않았다. 다음날 돌아오는 차 안에서 영권은 인호의 손을 잡았다.

"괜찮으냐?"

인호는 영권의 손을 슬며시 떼어냈다.

"괜찮습니다. 신경 쓰지 마십시오."

서울로 올라온 인호는 필립을 만났다. 인호가 필립에게 먼저 전화를 했다.

"많이 섭섭하셨겠네."

인호로부터 남해에서의 일을 전해들은 필립이 말했다. 고개를 가로저으며 인호가 대답했다.

"좌절감에 더 가깝다고 해야 할까요? 섭섭한 것과는 좀 다른 것 같아요."

"한잔 마시고 다 잊으시라, 그렇게 이야기하지는 않을게요. 하지만 일단 오늘은 한잔 마셔요."

필립이 인호의 잔에 술을 채웠다.

"형님이라고 해도 되죠? 형님은 제게 말 놓으세요. 제가 한참 어린 동생입니다."

필립이 채워주는 술을 받으며 인호가 말했다.

그전까지 인호와 필립은 아버지들과 함께한 자리에서 의례적인 인사를 나누었을 뿐이었다. 인호는 영권과 함께, 필립은 만식과 함께 그렇게 네 명이 라운딩을 가진 적이 몇 번 있기는 했지만 인호와 필립이 따로 자리한 적은 없었다.

힘들지요? 뒷바라지만 하는 것. 언젠가 필립이 인호에게 말했다. 저만치 영권과 만식이 앞서 걸어가고 있었다. 큰 양산을 받쳐 들고 그들 옆에 서 있는 캐디와 웨지 클럽을 들고 그들을 쫓아가는 캐디를 쳐다보며 필립이 인호의 어깨를 툭 쳤다.

힘들거나 마음이 편치 않을 때 전화해요. 동병상련 아닌가. 저분들 흉이라도 보게.

필립이 먼저 명함을 건넸었다.

모든 곳에 인호가 있었다.

인호는 이십여 년 전부터 아버지를 대신해 아버지의 지역구인 영산시를 관리해 왔다. 많은 행사들에 빠짐없이 방문하여 고개를 숙였다. 아버지께서 바쁘신 관계로, 하고 말을 시작하면 노인들은 바쁘시지. 큰일 하시는 분이니, 하며 고개를 끄덕였다.

영산시는 노인 복지에 있어서는 항상 다른 지역보다 한발 앞서 있었다. 노인들의 의료보험 본인 부담금을 지자체가 모두 부담하는 정책, 노인 전용 무료 급식 식당의 개설, 노인용품 바우처 제도 등의 정책이 전국에서 가장 먼저 시작된 곳이었다. 영산시에서 먼저 정책을 시행하면 주위의 다른 시에 사는 노인들이 볼멘소리를 했고 얼마 지나지 않아 주위의 다른 시에서도 영산시에서 하고 있는 정책을 흉내 냈다.

영산시에서 인호는 영권의 대리인이었다. 인호는 영권을 대신해서 영산시장을 만나고 정책을 건의하고 관철시켰다. 영산시에서만 국회의원을 다섯 번째 하고 있는 영권의 아들, 인호의 건의는 영산시장에게는 명령과 같았다. 시장이 인호의 건의를 거부할 명분도, 필요도 없었다. 예산이 부족합니다. 시장이 이야기하면 인호는 영권을 통해 해결해 주었다. 다른 시의 시장이나 국회의원이 영권을 찾아와 왜 영산시만 그렇게 혼자 튀려고 하느냐. 혼자 가지 말고 협의해서 같이 가야 하는 것 아니냐, 불평을 하는 날이면 영권은 인호에게 전화를 걸어 수고했다, 칭찬을 했다.

영산시에서는 노인과 관련된 행사가 끊이지 않았다. 가로등과 현수막 거치대에는 거의 매일 행사를 알리는 현수막이 걸려 있었고, 주말이면 문화회관이나 운동장의 주차장에서는 빈자리를 찾을 수 없었다. 실버 건강 걷기 대회부터 실버 마라톤, 실버 문학 대전, 실버 음악 대전, 실버 미술 대전, 실버 사진 대전, 실버 연극제, 실버 예술 주간, 실버 체전까지. 그리고 이 모든 행사들을 총 정리하는 실버 대제전까지. 모르는 이가 보았다면 도시 이름이 실버라 생각했을 것이다.

영산시는 노년의 행복한 삶이 보장되는 곳이었다. 노인들은 생업에서 자유로워진 인간이 누릴 수 있는 즐거움을 찾아다녔다. 아침에 일어나면 먼저 산책을, 아침 식사를 한 뒤 텃밭에 물을 주고 탁구장이나 배드민턴 코트에 들러 운동을 하는 것, 노인 급식 식당에서 점심을 먹고 오후에는 집에서 쉬거나 작업을, 저녁은 동호회 활동을 하는 것이 그들의 하루 일과였다. 주말에는 동호회에서 만난 지인들의 다른 행사를 찾아 응원을 하고, 행사가 없는 날은 찻집에 모여 담소를 나누거나 문학 기행을 떠나며 시간을 보냈다. 시간을 보내기 위해서 억지로 하는 것은 아니었다. 그들은 이제야 살맛나는 세상이라 생각했다. 건강한 노인들의 이야기였다.

건강하지 못한 노인들의 삶도 그다지 나쁘지 않았다. 정기적인 병원 방문과 약물의 복용을 도와주는 도우미들이 있었다. 그들은 병원이나 약물 복용뿐만 아니라 병을 앓고 있는 노인과 독거노인들의 식사나 잠자리 등을 챙겼다. 남아 있는 약의 개수를 살펴 규칙적으로 약을 복용했는지 살폈고, 냉장고의 내용물과 부식의 잔량으로 노인의 식사를 확인했다. 정기적인 산책과 일조 시간의 확보 등도 도우미의 중요한 업무 중 하나였다. 일시적인 질환, 예를 들면 장염이라든가, 가벼운 감기라 하더라도 신청만 하면 단기로 도우미가 배정되어 서비스를 제공했다. 영산시에서 모든 경비를 감당했다.

더 힘든 노인, 거동이 힘든 노인은 시에서 운영하는 요양병원 혹은 만성질환자 관리 병원에 입원해서 치료를 받았다. 영산시는 질병의 치료만 담당한 것이 아니었다. 그들의 노년을 관리했다. 병원 내에서도 병원 밖과 마찬가지의 활동들, 기본적인 인간관계가 유지될 수 있도록 노력했고 죽음에 이르는 과정과 죽음의 순간을 함께 했다.

건강한 노인이든 건강하지 않은 노인이든, 노인들의 활동은 지역 경제에도 도움이 되었다. 병원의 운영과 도우미들, 각종 행사를 위한 기반 시설의 운영 등 공공기관을 통한 고용의 증대와 각종 행사의 개최, 각종 단체에 대한 지원금, 질환의 치료, 약물 및 입원비용의 지급 등 공공기관의 지출 증가는 결국 지역민의 소득으로 이어졌다. 사적으로는 노인들이 각종 동호회에서 배우는 각 분야에 필요한 용품들, 행사를 치르기 위한 장소들, 식사 및 뒤풀이 등. 하다못해 축하 꽃다발까지. 노인들이 움직이는 모든 지점에서 소비가 있었다. 이 모든 소비에 내가 있지. 인호는 그렇게 생각했다.

중앙 정가에서 활동하는 영권과는 달리 인호는 지역사회에 밀착하려 했다. 몇몇 동호회에 가입하여 활동을 한 것 뿐 아니라 시에서 주최한 각종 강좌에 개인 자격으로 신청을 하여 수강했다. 다른 수강생과 똑같이 연단에 나가 자기소개를 하고 수업을 듣고 질문을 하고 뒤풀이에 참석했다.

그중 인문학 교실은 그가 처음부터 기획을 하고 사람을 모아 십칠 년째 유지해온 모임이었다. 주제 선정부터 강사 섭외까지 인호가 직접 했다. 졸업생이 사백여 명이 되었으니 작은 모임은 아니었다.

인호는 노인뿐만 아니라 젊은 사람들도 함께 하는 자리가 되어야 한다 생각했다. 틈 날 때마다 젊은 사람 어디 없냐며 모임에 참석한 노인들에게 진담 반 농담 반 섞어 이야기했다.

"그러게. 이삼십 년 전만 해도 이런 모임에 와서 자리를 둘러보면 군데군데 젊은 사람이나 가정주부들이 보였었는데 말이야. 나만 해도 그렇지. 그때는 가정주부였으니까. 아무리 바빠도 수요일 저녁은 나의 시간 이렇게 정해놓았었지. 남편한테 애들 맡기고 강의 들으러 쫓아다녔었는데. 요즘에는 이런 자리에서 애 엄마들 보기가 하늘에 별 따기라니까."

"그게 다 살기가 팍팍해져서 그래. 요즘은 남자고 여자고 다 일을 해야 되니까. 이런 것 듣고 다닐 여유가 없어진 거지. 우리 아들 내외만 해도 그래. 둘이 열심히 일하는데도 점점 나아지는 것 같지가 않아. 얼마나 딱해 보이는지. 그렇다고 내가 뭘 해줄 수 있는 것도 아니고. 재산이라고 해봐야 아파트 하나, 고향에 조그만 언덕 하나 있는 것을. 그렇다고 덜컥 개들한테 줘버릴 수도 없잖아. 나도 죽을 때까지 쥐고 있을 것이 필요하니까."

"아니 지금, 아파트 하나, 산도 하나 있다고 자랑하는 거야 뭐야. 은근히."

"니들은 왜 말만 섞으면 꼭 그렇게 이상한 방향으로 흘러나가는 거야?"

"어쨌든 젊은 사람들이 불쌍해. 나는 사실 요즘 버스 타는 것도 미안해. 젊은 사람들한테. 우리가 하는 게 뭐 있나? 맨날 먹고 놀면서 시간 보내는 거잖아. 다들 뒤늦게 자기가 하고 싶은 것 하면서 '내가 낼게.' 하고 있잖아. 돈 한 푼 안 내면서 버스도 타고, 강의도 듣고, 놀러 다니고, 매달 통장에 돈도 들어오고. 그거 다 젊은 사람들이 낸 세금이잖아. 염치없이 받아먹기만 하는 것 같아서 영 맘이 편치 않아. 이러자고 늙은 것은 아닌데 말이야."

"우리가 왜 하는 게 없어. 이렇게 모였다가 수업 끝나면 밥도 먹고, 커피도 마시고 하면서 돈 쓰잖아. 몰려다니면서 여행도 하고. 옷도 사 입고. 식당, 커피숍, 여행사, 옷가게까지 다 젊은 사람들이 하는 건데? 우리가 공짜만 쫓아다니는 것처럼 이야기하지 마. 기분 나빠. 우리도 젊었을 때 열심히 일했거든. 세금도 많이 냈고."

"그 식당이랑 커피숍에서 월세 받아먹잖아, 자네가. 자네가 건물주잖아."

"또 왜 이래. 그러면 월세를 받지 말라는 말이야? 그리고 월세보다 더한 것이 그, 그 뭐냐, 프랜차이즈 본사에서 받아가는 돈이라던데."

"내 말이 그 말이야. 그 프렌차이즈 회장도 대부분 우리 같은 노인이잖아. 이리저리 젊은 사람들만 불쌍한 거지. 그러니 생각 좀 하자고. 누가 일하고 누가 세금 내서 우리가 사는지. 이 답답한 양반아."

"그럼 어떡하라고. 때 되고 나이 들면 알아서 죽으라고? 목을 매달기라도 하란 말이야?"

자리에 앉아 있던 노인들이 나누는 대화였다. 젊은 사람 찾는다는 인호의 말이 시작이었다. 매해, 매번 비슷한 대화들이 반복되었다.

"어르신! 어르신들! 이러지 마시고요. 오늘은 제가 쏘겠습니다. 팥빙수라도 드시러 가시지요."

중간에 말을 끊거나 중재를 해 분위기를 바꾸는 것은 인호의 몫이었다.

이십 년 전 영권이 인호에게 자기 대신 지역구를 관리해 볼 것을 권했다. 인호는 실습이라 생각했다. 자연스럽게 지역구를 물려받을 것이고 머지않아 국회의원이 되리라, 그렇게 여겼다.

어느 분야든 십 년 정도면 관록이 생기고 전체적인 흐름을 볼 수 있는 시야가 생긴다. 그렇게 십 년이 지났다. 영권의 나이가 육십 대 후반, 곧 칠십 대에 접어들 때였다. 이제 쉬셔도 될 만하

196

다 생각했다.

"너는 네 스스로 준비가 되었다고 생각하느냐?"

인호가 삼십 대 국회의원 선거에 출마할 뜻을 밝히자 영권이 물었다.

"아버님이 보시기에는 부족한 점이 많겠지만, 그동안 지역구의 여러 사람들을 만나면서 많은 이야기들을 듣고 나누었습니다. 제가 영산시를 위해, 또 우리나라를 위해 무엇을 해야 할지 알 것 같습니다. 이제는 저의 정치를 해보고 싶습니다."

인호는 영권의 질문이 형식적인 것이라 믿었다. 자신이 그동안 지역구를 관리하며 쌓아온 것을 영권이 모를 리 없었다.

"넌 아직 부족한 점이 많다. 지역구에서 노인들과 웃으며 노닥거린다고 그게 정치라 생각하느냐. 복지를 위해 몇 가지 정책을 만들어내고 그것을 실행시킨 것이 정치라 생각하느냐. 그건 공무원도 할 수 있고, 네가 아닌 다른 사람도 할 수 있는 일이다. 정치가 무엇인지 다시 생각해 보거라."

인호가 아닌 영권이 30대 국회의원 선거에 출마를 했고, 영산시 국회의원으로 당선이 되었다. 너는 정치를 모른다, 영권이 인호에게 말했지만 영산시에서 얻은 영권의 표는 인호가 만들어내고 지킨 표였다.

"내가 어디 자네 아버지가 좋아서 찍은 줄 아는가? 얼굴 못 본 지 오래된 양반인데. 자네가 워낙 잘하니까 찍었지. 자네 정말 효자야. 효자."

선거가 끝난 후 만난 유권자들이 인호에게 한 말이었다. 아이고, 아닙니다. 인호는 웃으며 대답했지만 아쉬움은 더욱 컸다. 자네가 워낙 잘하니까, 라는 말만 인호의 귀에서 맴돌았다. 인호에게 자신감과 확신을 주는 말이었다. 인호의 자신감과 확신이 커져갈수록 영권에 대한 섭섭함도 같이 커졌다.

다음 국회의원 선거가 다가왔다. 사람들이 영권과 인호에 대해 말했다.

"김 의원도 좀 그래. 그 정도 했으면 충분하지 않나? 이제 아들에게 내려주어도 되지 않아?"

"무슨 말이 그래? 국회의원 자리가 세습하는 자리인가? 자기가 물려주고 싶다 하면 우리가 뽑아줘야 하는 거야? 그리고 김영권이나 김인호나. 그게 그거 아니야? 새로울 것도 없겠구만."

영산시에서 인호는 이미 신선한 존재가 아니었다. 영권만큼 익숙한 사람이었다. 영산시에서 인호는 인호가 아니기도 했다. 인호가 나타나면 의례적으로 영권의 대리인이라 생각했다.

"꼭 새로워야 하는 것은 아니잖아. 아들이 아버지 대신 잘 해왔으니까 하는 말이지. 세상에 저런 효자가 어디 있나?"

인호를 잘 아는 사람이 인호를 감쌌다.

"국회의원 선거잖아. 효자 뽑기 대회가 아니고. 국회의원으로서 잘하는 것과 아들로서 잘하는 것은 다르지. 효자를 뽑는 선거라면 김인호를 당연히 뽑아주지. 하지만 이건 국회의원 선거야. 누가 뭐래도 국회의원은 중앙에서 정치력이 있어야지. 김 의원이 지역구에 잘 내려오지는 않지만 중앙에서 잘하잖아. 그만한 거물이 되는 게 어디 쉬워?"

입바른 사람의 바른 말은 인호의 귀에도, 영권의 귀에도 들어갔다. 영권이 인호를 불렀다.

"오랜만에 남해에 가서 공이나 한 번 치자."

라운딩을 마치고 둘은 해안가를 찾았다. 테이블을 사이에 두고 마주 보고 앉았다.

"네가 이번 국회의원 선거를 준비한다는 이야기를 들었다. 사실이냐?"

인호의 찻잔에 차를 따라주며 영권이 물었다.

"떨어지는 한이 있더라도 이번 선거에는 제가 출마해야 합니다. 이제는 영산시를 제게 내려주십시오."

인호는 '양보해주십시오.'라고 말하려다 말을 바꾸었다. 무례

한 표현이라 생각했다.

"지금 네가 네 입으로 내려달라 말했듯이 다른 사람도 그렇게 본다. 누가 보아도 지역구 세습으로 보이지 않겠느냐. 우리나라는 기본적으로 세습에 대해 반감이 많다. 너의 좋은 의지가 좋게 해석되지 않을 것이다. 그리고 떨어지는 한이 있더라도? 그게 무슨 말이냐. 선거에서는 지면 안 된다. 떨어지기 위해서 하는 선거는 없다. 선거와 정치는 오기로 하는 것이 아니다."

대답을 준비하고 있었던 듯 영권이 말했다. 그러고는 테이블을 손톱으로 두드리며 인호의 얼굴을 보았다. 인호는 다른 지역구에라도 출마할 수 있게 해달라 말했지만, 영권은 허락하지 않았다. 아버지와 아들이 동시에 국회의원이 된 예도 없을뿐더러, 감당할 돈도 없고, 그리고 인호가 다른 지역구에 출마하는 것은 그 지역구를 기반으로 둔 다른 국회의원에게 도리가 아니라 말했다.

인호는 자리에서 일어났다. 앉아 있던 의자를 뒤로 밀어내고 그 자리에 무릎을 꿇었다. 인호가 말했다.

"이번에 나가지 않으면 앞으로도 기회가 없을 것 같습니다. 사람들이 김영권이나 김인호나 똑같다 그럽니다. 여기에 갇히면 저의 정치는 시작도 못 해보고 끝나는 겁니다."

영권은 인호에게 일어서라 말하지 않았다. 물끄러미 인호를 쳐다보다 입을 열었다.

"너의 정치라. 인호야. 너는 정치가 무엇이라 생각하느냐?"

인호는 기다렸다는 듯 대답했다.

"정치란 사람들이 갈등 없이 만족하며 살 수 있는 제도와 환경을 만드는 것입니다."

짧으면서도 단호했다. 인호는 스스로 만족했다. 그러나 영권의 대답은 달랐다.

"틀렸다. 너는 아직 정치를 모르는구나."

"그러면 무엇입니까?"

인호가 물었다.

"내가 답해주마. 정치는 권력을 가지기 위해 행하는 모든 것들이다. 선한 것이냐, 악한 것이냐의 구별은 의미 없다. 너는 권력에 대한 의지가 있느냐? 권력을 잡기 위해 무엇이든 할 수 있느냐? 그럴 수 없다면 너는 정치를 할 자격이 없다. 사람들? 스스로 목자, 잃은 양이라 칭하는 것들은 권력의지를 확인하는 순간 순한 양이 되어 울타리로 들어온다. 그들은 정치의 결과물이지 목표가 아니다."

영권은 무릎을 꿇고 앉아 있는 인호의 머리를 쓰다듬으며 말을 이었다.

"인호야. 너의 인생에 너의 정치라는 것은 애초에 없었다. 정치인 김영권의 아들로 태어난 순간부터 김영권의 아들 김인호만 있

을 뿐이지. 정치인 김영권을 위해 네가 있는 것이다. 정치를 하라
고 너에게 지역구 관리를 맡긴 게 아니다. 이십 년 전 너를 지역
구로 내려 보내면서 정치를 배우라 말하지 않았다. 너는 정치인
김영권이 거목이 될 수 있도록 도와주는 거름이 되어야 하는 거
다. 그게 너의 이번 생이다. 너의 정치? 너의 정치라는 것이 가능
하려면 나와의 인연이 끝나고 나서야 가능하겠지. 내가 내 입으
로 이 말을 하게 하다니. 내 아들이지만 너도 참 딱하다."

영권은 말을 끝내고 인호를 일으켜 세웠다.

인호는 고개를 돌려 바다를 보았다. 썰물이었다. 해가 지는 방
향으로 바닷물이 빠져나갔다. 물이 빠져나간 자리에 검고 거친
암초들이 덩어리지어 나타났다.

"썰물이네요. 저 아래에 검은 바위들이 저렇게 많이 놓여 있는
줄 몰랐습니다. 아버지는 알고 계셨습니까?"

이 년 전 그날. 남해였다.

"이번에는 그쪽에서 먼저 연락이 왔어."

인호와 필립이 만났다. 만식의 장례를 치른 지 열흘 정도 지났
을 때였다.

"연락이 왔다고? 먼저?"

인호가 물었다. 필립이 고개를 끄덕였다.

"만나자고 하더라."

"나보고 친해지라 해놓고 자기가 먼저 전화하는 건 뭔데?"

필립의 잔에 붓고 남은 양주를 자기 잔에 부으며 인호가 말했다.

"널 못 믿는 거지. 새삼스러운 일도 아니지. 이런 일이 한두 번이었냐. 조그마한 시에 틀어박혀 행사나 치르고 노인들 밥이나 챙겨주고 있으니 다른 일을 맡기기에는 네가 부족하다 생각하는 거지."

"기회를 줘야 할 수 있지. 기회조차 주지 않는데 뭘 할 수 있겠어."

인호의 필립의 말에 발끈하며 대답을 했다.

"내가 그렇게 생각한다는 게 아니잖아. 어쨌든 생각보다 일이 쉬워질 것 같아. 억지로 기회를 만들지 않아도 될 것 같고. 이쪽에서 준비되면 다시 연락하겠다고 했어. 일단 약속을 잡고 만나는 것까지는 내가 할 거야. 이후에는 다른 사람이 해야지. 이번에도 노마가 하는 것이 맞을 것 같아. 이번 기회에 정리할 것도 정리하고. 아직 날짜를 잡지는 않았어. 아무래도 인호, 네가 우리나라에 없을 때가 좋을 것 같은데. 너 일정이 어떻게 되는지 말해줘, 지금. 장소는 좀 더 생각해볼게. 이번에는 물건을 꺼내지 않는 게 좋을 것 같아. 괜히 이상한 방향으로 주목을 받을 것 같아서. 이리저리 번거롭기도 하고."

인호는 고개를 숙여 핸드폰을 보았다.

"다음 달 십오 일부터 일주일간 러시아 출장이 있어. 영산시 시의원들 데리고 한 바퀴 도는 출장."

인호가 스케줄 표를 보며 말했다.

"그러면 그렇게 날짜를 잡는다. 십육 일 정도에 만나자고 할 테니까 그렇게 알고 있어. 정해지면 다시 연락 줄게."

"그런데 노마는? 괜찮겠어?"

인호는 문득 노마가 했던 말이 생각났다. 달아오른 노을을 보며 노마가 말했었다. 언젠가 우리 인간이 화성에 가는 날이 오겠죠? 화성은 노을이 파란색이라던데. 화성에서 제일 높은 산 이름이 뭔 줄 아세요? 올림퍼스래요, 올림퍼스. 그러면 화성에도 신들이 살고 있는 걸까요? 지긋지긋한 지구를 떠나 화성으로 가도 소용없는 건가요?

"노마는 왜?"

"갑자기 노마가 했던 화성 이야기가 생각이 나서."

"생각 많이 하지 마. 이번 기회에 보내주면 돼. 화성에 먼저 가 기다리고 있어라, 하지 뭐. 궁금증도 풀고. 좋겠네."

"꼭 그래야 하나? 노마까지?"

인호는 맥주잔을 비웠다.

"그래야지. 녀석이 그러더라고. 따지고 보면 호해도 나쁜 놈이라고. 아니 따질 필요도 없다고."

"호해?"

"응, 호해. 그 말을 들으니 정신이 번쩍 들더군. 기분도 살짝 상하고. 굳이 핑계를 대자면 그런 이유야."

나는 호해를 이해할 수 있을 것 같아. 늙고 병들어 죽음에 든 진시황을 보며 웃었겠지. 겉으로는 아니더라도 말이야. 진시황 이야기 알지? 들어 본 적은 있겠지. 신하들이 불로초를 찾아 진시황에게 바쳤다면, 불로초를 먹은 진시황이 불사의 몸이 되었다면 호해의 마음은 어땠을까? 언젠가 필립이 노마에게 말했었다. 그럼요. 저도 읽을 만한 것, 들을 만한 이야기는 다 듣고 자랐습니다. 노마는 웃으며 대답했다. 그리고 덧붙였다. 그런데 따지고 보면, 아니 굳이 따지지 않더라도 말입니다. 호해도 나쁜 놈이잖아요. 그렇지 않아요?

"알았어. 형이 그렇다면 그런 거겠지. 형이 하겠다는데 반대할 생각은 없어. 그저 물어본 거야. 궁금해서. 그러면 노마한테 약속한 것도?"

"그게 애초에 가능한 일이었겠어?"

"그렇지? 그래. 그런데, 형."

"말 해."

인호가 필립에게 물었다.

"직접 만나서 약속 잡을 거야?"

"아니, 만날 필요까지는 없지. 전화로도 충분할 것 같은데. 왜?"

인호는 필립의 아랫배를 가리키며 말했다.

"형은 마음에 없는 말을 하거나 불안할 때 아랫배를 쓰다듬는 습관이 있어. 기억해. 조심하라고. 우리 아버지, 그런 것 놓치지 않아."

필립이 영권에게 전화를 걸었다. 신호가 몇 번 가지 않아 영권이 전화를 받았다.

"작은아버님. 잘 지내셨습니까. 저 필립입니다."

"아이고. 잘 지낼 이유가 있나. 형님이 안 계시니 마음도 몸도 편하지가 않네. 조카님은 어떤가? 아버지 빈자리가 생각보다 크지?"

큰 몸통에서 울려 나오는 목소리가 컸다. 원래 크기도 했지만, 이번에는 유난히 힘을 주어 크게 말하는 것 같았다. 필립은 귀에서 전화기를 떼어 스피커폰 모드로 바꿨다.

"아. 네. 그렇지 않아도 하루 네 번 꼬박꼬박 뵙고 있습니다."

집을 나설 때 귀가할 때, 그리고 회사에 출근할 때 퇴근할 때. 필립은 그렇게 하루 네 번 만식을 보았다. 만식이 살아 있을 때보다 더 자주 마주했다. 두려움은 없었다. 오히려 당당한 걸음걸이를 보여주려 애썼다.

간혹 출근 시간 필립은 회사 사옥의 소나무 앞에서 소나무를 바라보며 서 있기도 했다. 어깨를 낮추어 뒤로 제치고, 턱을 아래로 당겨 내린, 가슴을 앞으로 내밀고 있는 필립을 보며 직원들은 만식에 대한 그리움이라 여겼지만 필립은 만식을 그리워한 적 없었다. 말하고 싶었다. 이 일은 이렇게 할 것이고 저것은 저렇게 처리할 것입니다. 듣고 싶었다. 나무 아래 만식의 대답을. 해답은 네가 알지. 나는 들어주기만 할 뿐이지. 만식은 생전에 이렇게 말해준 적 한 번도 없었다.

필립이 늦은 퇴근을 하는 날이면 소나무는 회사를 나서는 필립의 등 뒤로 선선한 바람을 불어주었다. 겨울이 오면 세찬 바람을 막아 줄 소나무였다. 필립은 소나무를 지나치며 혼잣말을 하곤 했다.

이제야 아버지로 오셨군요.

"이제 다시 편해지셔야지요. 저도 이제 상황 파악이 거의 다 되었습니다. 이리저리 살펴보니 아버님이 작은아버님과 함께 하신 일이 제법 되던데. 이제 제가 집행을 해야 하지 않겠습니까?"

필립의 말에 영권이 웃었다. 크게.

"우리 조카님이 아버님의 유지를 받든다 하니 이제야 내 마음이 편해지네. 그 마음 씀씀이가 고맙네. 고마워. 그래 그 젊은 아가씨 뱃속의 아이는 어떻게 하기로 했나?"

"제 동생입니다. 아버님이 생전에 말씀하신 것도 있고."

변호사에게 맡겨놓았거나 금고에 보관해 둔 유언장은 없었다. 만식이 필립을 만나 안나의 뱃속 아이에 대해 이야기했던 것이 유언이 되었다. 필립은 만식의 부탁 중 가능한 것들은 모두 들어줄 생각이었다. 필립은 아이가 건강하고 똑바르게 자라도록 도와야 했다. 당연한 일이라 생각했다. 노마와의 약속이기도 했다. 하지만 부탁과 약속은 그것들을 행하는 자의 의지에 기댄 것들이다. 아이가 건강하고 똑바르게 자라 무엇을 하게 될지는 나중의 문제다. 그것 또한 필립에게 달려 있었다.

"한번 뵈어야 하지 않겠습니까?"

필립이 회전의자에 등을 기대며 물었다.

"봐야지. 어디서 볼까? 나야 조카님이 편한 시간, 편한 장소면

다 좋아. 요즘 의회 일정도 없고."

"다음 달 십오 일부터 이십이 일 사이에 편하신 시간을 말씀 주시면 그에 따르겠습니다. 저는 십육 일 정도면 좋을 것 같습니다. 선물 준비하는 시간이 좀 필요하기도 하고. 그래서 그렇습니다. 수행원 없이 만나시는 것이 어떻겠습니까? 요즘 분위기가 분위기인 만큼."

"그래야겠지. 어디 보자. 그러면 내가 일정을 한번 확인하고 다시 말씀을 드리겠네. 뭐 특별한 일은 없을 거야. 어디서 볼까? 공이나 한번 칠까? 아니야. 조카가 공은 별로 좋아하는 것 같지 않더라고. 술은 어때? 술 좋아하나?"

"작은아버님 뜻하시는 대로 다 따르겠습니다만, 수행원 없이 만나려면 이번에는 특별한 일정은 안 만드시는 것이."

"듣고 보니 그렇군. 알겠네."

필립과 영권은 서로 전화를 먼저 끊으라며 실랑이를 했다. 결국 영권이 전화를 먼저 끊었다.

영권과 통화를 끝낸 필립은 다시 인호에게 전화를 걸었다.

"나야. 날짜를 잡았어. 먼저 말했던 대로 십육 일 만나기로 했어. 내용은 이전과 비슷하니까 모두 같이 볼 필요는 없을 것 같아. 너에게 구체적인 이야기는 하지 않을게. 굳이 듣고 굳이 알아서 좋을 건 없으니까. 그리고, 마지막으로 물을게. 넌 어때? 진행해도 되겠어?"

"네. 이미 마음먹은 일인걸요. 형님도 감당하셨잖아요."

"그래, 그러면 러시아 가기 전에 들러서 얼굴이나 한번 뵙고 가도록 해. 어찌되었건 할 건 해야지."

'영산에서 아드님이 올라왔습니다. 지금 기다리고 있습니다.'

모니터에 메시지가 올라왔다.

'들어오라 해.'

인호가 방으로 들어와 영권 앞에 섰다. 영권이 고개를 들어 인호의 얼굴을 보았다.

"살이 좀 빠졌나 보다. 얼굴의 턱 선이 보이는 구나."

"요 며칠 동안 잠을 설쳐서 그렇습니다. 신경 쓰지 마십시오.

인호는 자신의 턱을 손으로 만지며 대답했다."

"그래 무슨 일이냐?"

영권이 인호에게 물었다. 약속이나 전화 없이 영산시를 벗어나 영권의 사무실까지 오는 일은 흔하지 않았다.

"이틀 뒤 러시아에 갑니다. 영산시 시의원들 연수에 동행하기로 했습니다."

"벌써 시간이 그리되었나? 십오 일인가?"

영권은 책상 달력을 보며 말했다.

"네. 일주일 일정입니다. 인천공항으로 출국하는 거라서 조금 일찍 올라왔습니다. 이번에는 출발하기 전 아버님께 인사를 드리고 싶었습니다."

"새삼스럽구나. 최 회장 아들에게서 전화가 왔었다. 십육 일 오후에 만나기로 했다. 혹시 같이 보겠느냐? 수행원 없이 만나기로 했지만, 너는 내 아들이니. 러시아 가는 것 취소하고. 연수 동행이야 한 번쯤 빠져도 되잖아?"

"아닙니다. 아버님 혼자 만나십시오. 필요 이상으로 깊이 알고 싶지 않습니다."

"그렇구나. 알았다. 기분은 좀 어떠냐? 요즘은 어디에 마음을 쓰고 있느냐?"

영권이 인호에게 물었다.

"아버님께서 말씀하셨던 운이라는 것을 시험해보고 있습니다."

"내가? 내가 운을 이야기한 적 있느냐?"

"예. 저번에 남해에서. 이런저런. 아버님의 좋은 운이 지속되셨으면 하는 생각도 했습니다."

"고맙구나. 잘 다녀 오거라."

인호는 고개를 숙여 인사를 했다. 그리고 나갔다.

많이 섭섭한가 보군. 남해에서의 대화를 아직 기억하고 있다니.

이 년이나 지난 일을. 영권이 혼잣말을 했다. 영권은 마음이 불편했지만 딱히 달리 할 것은 없었다.

전화가 왔다. 필립이었다.

"웬일이신가? 우리 다음 주에 만날 텐데?"

"네. 만나야지요. 제가 차를 보내겠습니다. 공개된 곳에서 뵙기가 좀 그래서 조용한 곳으로 마련해두었습니다. 편안히 오시면 됩니다."

"알겠네."

약속한 날 저녁 필립이 보낸 차가 왔다. 회사에 소속된 차는 아닌 듯했다. 나름 철저하군. 생각보다 믿음이 가는데. 어쩌면 제 아비보다 낫겠어. 영권은 뒷좌석에 기대 필립과 나누어야 할 이야기들을 머릿속으로 정리했다. 차는 서울을 벗어나 강원도 쪽으로 향했다. 운전사가 운전석 창을 열었다. 무겁고 싸늘한 밤공기가 차 안으로 들어왔다.

영권이 웃옷의 단추를 채우며 말했다.

"춥지 않은가? 나는 좀 추운데."

"아, 넵. 차 안 공기가 탁한 것 같아서요. 곧 닫겠습니다. 죄송합니다."

물어보지도 않고 문을 열다니 기본이 안 되어 있군. 필립을 만

나면 운전사에 대해 충고를 해줘야겠어. 영권은 다시 웃옷의 단
추를 풀며 생각했다.

　태극기를 들고 앞장서 걷고 있는 가이드 뒤로 시의원들이 삼삼
오오 그룹을 지어 따라가고 있었다. 귀에 꽂은 이어폰으로 가이
드의 음성이 들렸다.

　"지금 보고 계신 이 강의 이름은 네바 강입니다. 생페테르부르
크를 가로지르는 큰 강이죠. 강물의 색을 한 번 보시겠어요? 잘
보시면 강물의 색이 푸르지가 않고 검을 것입니다. 이건 강바닥
때문에 그렇습니다. 이 도시가 건설되기 전, 이 근처는 모두 늪이
었다고 합니다. 도시를 건설하면서 강이 형성되었는데요. 그래서
늪의 검은 흙들이 강의 바닥을 이루고 있습니다. 물이 검은 것이
아니라 바닥이 검어서 강이 검게 보이는 거지요. 거꾸로 생각하
면 물이 맑아서 그렇다는 뜻도 됩니다. 깊이가 이십육 미터 정도
됩니다. 생각보다 깊지요?"

　넓고 깊은 강의 표면이 바람에 흔들렸다. 흔들리는 표면은 파
도가 되어 강 가장자리의 벽으로 와 부딪쳤다.

　"빠지지 않게 조심하십시오. 여기는 깊고 물살이 빨라서 사고
가 잘 납니다."

　가이드의 주의가 있었다. 자유 시간 십오 분을 줄 테니 둘러보

시라는 말과 함께 가이드의 음성은 사라졌다.

인호는 강의 가장자리로 다가갔다. 강물의 색을 보고 싶었다. 가이드의 말처럼 검었다. 검은 강 위로 은색의 물방울들이 튀었다.

지금쯤이겠지. 깊고 검은 강을 바라보며 인호는 생각했다. 저 강 아래 깊은 곳에 검은 진흙들이 있을 줄 어찌 알겠어. 누군가 설명해주지 않는다면 절대로 알 수가 없지. 이 강물을 모두 마셔버리거나, 전부 바다로 쓸어낸다면 몰라도. 아니면 강으로 들어가 바닥까지 내려가 보거나. 그렇지. 바닥은 아무도 몰라. 아버지, 그동안 수고하셨어요. 이제 강바닥을 한 번 보셔야지요. 바닥에는 검은 진흙들이 있답니다.

이번에는 떨리지 않았다. 물건을 들어낼 일이 없으니 지난번보다 쉬운 일이라 생각했다. 직접 해야 할 일도 아니었다.

노마는 백미러로 영권을 보았다. 뒷좌석 등받이에 기댄 채 눈을 감고 있었다.

"저기, 의원님."

"뭔가?"

"안전벨트를 매시겠습니까? 가는 길이 조금 험해서 그럽니다."

"험한 길을 험하지 않게 가야 베테랑 운전사인 것 아닌가? 최필립 회장, 그래 이제는 회장이라고 불러도 되겠지. 최필립 회장이 고용한 운전사면 베테랑일 텐데."

"베테랑입니다. 이제 곧 베테랑에게도 험한 길에 들어설 것입니다."

"알겠네."

영권은 뒷좌석 안전벨트를 찾아 매었다. 딸각 소리가 났다.

운전하다 물속으로 들어가면 되는 거야. 그리고 뒤돌아보지 말고 나와 그러면 돼.

필립이 말했었다. 그러면 되는 일이었다. 왼편으로 검은 저수지가 보였다.

이윽고 무언가 수면을 흔들며 저수지로 들어갔다. 어둠 속 수면에 비친 달빛이 부서졌다.

이곳, 여기에서 무슨 일이 벌어졌어. 부서진 안전바가 말해주었지만 거들떠보는 이는 없었다.

이틀 뒤 보좌관이 영권의 실종신고를 했다. CCTV를 분석한 경찰이 강원도의 한 저수지에서 영권이 타고 있던 차량을 건져냈다. 영권의 차가운 몸에서 오직 한 곳 왼쪽 가슴속 인공 심장만이

굳은 핏덩이를 애써 밀어내고 있었다.

8. 누구나 마땅한 일을 하는 겁니다

안나는 한 손으로 부른 배를 받쳐 들고 우현을 맞이했다. 부은 두 눈을 남은 한 손으로 훔치며 우현의 앞에 섰다. 검은 상복 아래 하얀 버선이 보였다.

"왔어?"

우현이 안나에게 말했다.

"이렇게 만나게 될 줄은 몰랐는데. 언젠가 아니, 조만간 볼 수 있겠다 싶었지만."

"무슨 말이야?"

"노마가 네 이야기를 했었거든. 모두 다. 늙은 회장이 죽은 것도."

"그랬어? 그랬구나. 오빠가 다 말했구나. 말하지 말라 했는데."

안나는 노마의 영정을 보며 눈을 흘겼다. 노마는 아무것도 모르는 듯 웃고 있었다. 영정 앞 피어오르던 향 연기가 잠깐 흔들렸다.

"이제 어떻게 할 거야?"

우현이 안나의 어깨에 손을 올렸고 안나는 우현의 손등을 쓰다듬었다.

"뭘 어떻게 하겠어. 아이가 클 때까지는 죽은 듯 지내야지. 노마 오빠와 약속했었어. 그때까지는 조용히 착하게 있기로."

"그래? 내가 도움이 될 일이 있을까?"

"지금 답을 해야 하는 건 아니지? 알다시피 지금 상중이니. 아무튼 와 줘서 고마워. 전화번호는 그대로인거지? 내가 전화할게. 이 배 좀 꺼지고 나면 같이 밥도 먹고."

우현은 전화하겠다는 안나의 말이 빈말이 아니라는 것을 알았다. 안나는 꼭, 곧 전화를 할 것이다. 전화든, 뭐든 받아야지, 하고 생각했다. 노마가 왜 그 차를 운전했는지 궁금했지만 안나도, 노마의 부모도 아는 것이 없었다. 그 일과 관계가 있는 걸까? 이번에는 왜 내게 말하지 않았던 걸까? 그 일은 나 혼자 무덤까지 가지고 가면 되는 건가? 우현은 되묻기만 했다. 답을 줄 이도 없었다. 당장은 답이 필요 없는 질문이기도 했다. 노마가 사라졌으니 우현은 그 일로부터 자유로워진 것 같았다. 약간은 후련했다.

"들으셨습니까? 팀장님?"

허 형사가 박 팀장의 방으로 들어왔다.

"뭐 말이야? 국회의원 죽은 것? 자동차 사고라면서. 익사라 하던데."

박 팀장은 쌓인 결재 서류를 뒤적이며 대답했다.

"네. 자동차 사고이고 익사이긴 한데요. 운전자가 있었습니다. 운전자도 사망했는데요, 소속이 올더앤베러 직원이랍니다. 올더앤베러 직원이 왜 그 차를 운전했는지, 이상하지 않으십니까? 운전석과 뒷자리 안전벨트, 둘 다 불량이었다는 것도 이상하고요.

"최 회장 사건과 관계있다는 거야?"

"꼭 그런 것은 아니지만 느낌이 조금 그래서요. 회사에 문의하니 휴가 중이었다고 하더라고요. 유족들은 휴가였다는 것도 모르고 있었고요. 올더앤베러에 취직한지도 얼마 안 되었다는데. 더 캐볼까요?"

"뭘 더 캐. 조금 있어봐. 뭘 캐려고 해도 단서가 있어야지. 느낌이 좀 그렇기는 하지만 감으로 수사할 수는 없잖아. 더구나 우리 관할도 아닌 것을. 관계가 있다면 최 회장 사건 수사하다보면 연결고리가 나오겠지."

최 회장 사건 수사는 답보 상태였다. 허 형사는 더 들여다 볼 수 있는 계기가 없어 답답하던 참이었다. 국회의원 사건을 조사하다 보면 실마리가 보이지 않을까 생각했지만 그것도 쉬운 일이 아니었다. 관할이 달랐다. 명백한 고리가 있거나 단서가 있다면 협조 요청을 할 수 있겠지만, 그런 것 하나 없이 무턱대고 수사에 관여할 수는 없었다. 우현이나 족쳐야겠어. 중국 쪽이든 국내 쪽이든 인공 폐에 대해 뭔가 나오겠지. 사고팔았을 테니까 뭐든 흔적이 남아 있겠지. 허 형사는 중얼거리며 자리로 돌아왔다.

　인호는 일어나 필립을 맞이했다.

　"이런 황망한 일이 있습니까? 큰일을 하셔야 할 분인데 이리 가시다니. 일단 절부터 하겠습니다."

　영권의 영정에 향을 피우고 절을 한 필립은 인호와 맞절을 한 뒤 마주 앉았다. 취재 중이던 기자들이 몰려와 주위를 둘러쌌다.

　필립이 인호의 손을 맞잡으며 말했다.

　"의원님 빈자리가 큽니다. 상심이 크시겠지만 빨리 털고 일어나셔야지요. 지역민도, 정치권도 모두 기다리고 있을 겁니다. 제 힘 닿는 데까지 도와드리겠습니다."

　"말씀만으로도 감사합니다."

　인호는 고개를 끄덕이다 문득 생각난 듯 물었다.

"현장에서 올더앤베러 직원도 같이 발견되었다면서요?"

필립은 아랫배를 쓰다듬으며 근처에 있던 기자와 눈인사를 했다.

"그러게 말입니다. 그 직원이 왜 의원님과 함께 있었는지, 왜 운전을 했는지 알 수가 없네요. 알아보니 마침 그 전날부터 휴가를 냈었다고 하던데."

"아마도 면접 중이었을지도 모르겠습니다. 아버님이 운전기사를 바꾸려 하셨거든요. 운전기사는 보고 듣는 것이 많은 자리이니 직접 보고 뽑아야 한다고 항상 말씀하셨습니다."

"아무튼 그 직원 가족들도 황망하기는 마찬가지겠지요. 그렇지 않아도 그쪽 빈소에도 들릴 예정입니다. 어쨌든 우리 직원이었으니 잘 챙겨 보내야지요. 그게 마땅히 제가 할 일입니다. 누구나 마땅한 일을 하는 거지요. 아이고, 뒤에 줄을 많이 섰네요. 일어나겠습니다. 다음에 조용히 뵙겠습니다."

자리에서 일어선 필립과 인호는 허리를 굽혀 인사를 하고 가벼운 포옹을 했다. 필립은 신을 신은 뒤 장례식장 복도에 늘어선 화환을 둘러보다 빈소로 돌아가지 않고 서 있는 인호를 보았다.

"무슨?"

"형님이 좋은 말씀을 해 주셔서요. 그 말을 곱씹느라."

"무슨 말을?"

"누구나 마땅한 일을 한다는 말씀 말입니다."

"아, 그 말. 돌아가신 제 아버님이 즐겨 하시던 말입니다. 맞는 말이지요. 누구나 마땅한 일을 하는 겁니다."

묻습니다.

저는 하고 싶은 말, 묻고 싶은 것이 있을 때에만 소설을 씁니다. 하고 싶은 말, 묻고 싶은 것이 없을 때는 책을 읽고 사람을 만나고 대화를 합니다. 그러다 보면 어느 순간 목구멍이 간지러워집니다. 문을 열고 밖으로 나가 서성이기도 합니다. 입 밖으로 튀어나오려는 것들을 애써 눌러 앉힙니다. 소설을 써야 할 시간입니다.

처음 소설을 쓰고 난 이후 한동안 작업량이 많았습니다. 소설을 쓰기 전 하고 싶었던 말, 묻고 싶은 것들이 제 속에 쌓여 있었거든요. 그 말들이 세상으로 쏟아지고 제 속에 얼마 남지 않았을 무렵, 『그래스프 리플렉스』 초고를 썼습니다.

5년이 지났습니다. 묵혔다가 꺼내고 묵혔다가 꺼내고, 세상에 내어보낼 자신이 없어서일 수도 있겠습니다. 혹은 내가 하려는 말에 대해 확신이 없었기 때문일 수도 있습니다. 용감하지 못한 탓도 있습니다. 말해도 되는 것일까? 물어도 되는 것일까?

저를 믿어주는 사람들이 곁에 있습니다. 제가 가리키는 곳을 함께 바라보는 사람들이 제법 많습니다. 제 운이 좋은 것이지요. 그들은 귀를 기울이고 고개를 끄덕이며 저의 말 다음에 나올 말을 기다려 주었습니다.

제게 용기를 주는 사람들이 곁에 있습니다. 제가 가려는 방향을 잊지 않게 해주는 사람들이 제법 많습니다. 제 운이 좋은 것이지요. 그들이 저의 등을 토닥이고 술잔에 술을 채워주며 저의 물음에 또 다른 물음을 얹어 주었습니다.

저를 믿어주는 사람들, 제게 용기를 주는 사람들이 이 소설을 세상에 내어놓았습니다.

다행이 5년 전이나 지금이나 세상은 바뀌지 않은 듯, 앞으로도 바뀌지 않을 듯합니다. 그 덕분에 이 소설이 생명을 이어갈 수 있을 것 같습니다. 저의 말이, 저의 물음이 전혀 의미가 없는 것은 아닐 테니까요.

세상은 앞으로도 여러 색의 옷과 여러 모양의 장신구로 뽐을 내겠지만,

예전의 자신이 아니라고 조금 더 나아진 것 같지 않느냐 되묻겠지만,

글쎄요.

이런 말도 하겠지요. 따지지 말라고, 꼬치꼬치 캐묻지 말라고,

그냥 좀 따라오라고.

그렇지만 글쎄요.

하고 싶은 말을 어찌 다 하고 살아. 궁금한 것을 어찌 다 묻고 살아. 어떤 것은 삼키기도 하고 어떤 것은 잊어버리기도 해야지. 그러고도 잘 살아왔잖아.

이런 말들에 답하려 합니다.

말은 해보아야지, 물어보기는 해야지.

듣는 이 없으면 크게 소리를 내어보기도 해야지.

답하는 이 없으면 어떻게든 남겨 기억이라도 해야지.

이렇게요.

아, 참! 제가 보는 세상과 당신이 보는 세상이 다를 수 있습니다. 그러니 저의 말에, 저의 물음에 조금 어처구니가 없어도 화를

내지는 마세요. 아니, 조금 화를 내셔도 됩니다. 제가 이해할게요.

두 번째 소설집을 준비하는 동안 남정현, 천승세 선생님께서 귀천하셨고, 이번 첫 장편소설을 준비하는 동안 김성동, 조세희 선생님께서 먼 곳으로 떠나셨습니다.

저의 소설은 그분들의 발뒤꿈치에 미치지 못하겠지만 말과 물음에 대한 그분들의 삶은 어떻게든 따라가보려 합니다. 운이 좋다면 바람에 날리는 옷자락에 손끝을 대어볼 수 있지 않을까요?

『그래스프 리플렉스』의 출간을 허락해주신 이대환 선생님, 방현석 선생님께 감사드립니다.

아시아 출판사 편집부에게도 감사의 말씀을 전합니다. 지루하고 힘든 일을 맡아주셨습니다.

그리고, 문장과 문장 사이 어설프게 숨겨진 제 물음을 찾아 저와 함께 물어주실 독자께도 미리 고개 숙여 감사드립니다.

2023년 2월 8일 포항에서

김 강

그래스프 리플렉스

ⓒ 김 강

2023년 2월 28일 초판 1쇄 발행
2023년 3월 31일 초판 2쇄 발행

지은이 김 강
펴낸이 김재범
펴낸곳 (주)아시아
출판등록 2006년 1월 27일
등록번호 제406-2006-000004호
전화 031-955-7958
팩스 070-7611-2505
주소 경기도 파주시 회동길 445
이메일 bookasia@hanmail.net
홈페이지 www.bookasia.org

ISBN 979-11-5662-629-9 03810